KB102543

알다시피 제주여행

알다시피 제주여행
김연미 지음

초판 발행 2022년 04월 25일
초판 인쇄 2022년 04월 30일

지은이 김연미
펴낸이 신현운
펴낸곳 연인M&B
기 획 여인화
디자인 이희정
마케팅 박한동
홍 보 정연순
등 록 2000년 3월 7일 제2-3037호
주 소 05056 서울특별시 광진구 자양로 73(자양동 628-25) 동원빌딩 5층 601호
전 화 (02)455-3987 팩스(02)3437-5975
홈주소 www.yeoninmb.co.kr
이메일 yeonin7@hanmail.net

값 16,000원

ⓒ 김연미 2022 Printed in Korea

ISBN 978-89-6253-527-3 03810

* 이 책은 제주문화예술재단 지원금을 받아 출판되었습니다.

알싸하게
다크투어,
시크하게
피스투어,

제
주
여
행

알다시피 제주여행

김연미 지음

연인M&B

바닷바람에 쫓겨 산 쪽으로만 손을 내밀며 자라는 팽나무들의 습성이 어디서 비롯된 것인지 아주 조금 알 것 같다. 따라비오름에 핀 억새, 그 발뒤꿈치에 배어 있는 핏빛의 내력, 그 유전적 형질 속에 깊숙이 박혀 있는 슬픔을 이제 조금 알 것도 같다. 성산 우뭇개 해안을 따라 낮게 낮게 몸을 낮추고도 아름답게 피어나는 갯쑥부쟁이 마음이 작은 가슴을 소용돌이치게 한다. 상처 갈라진 틈새마다 뿌리를 내리고 꽃을 피우는 그 옹골찬 입매를 바라보노라면 아무런 말이 없어도 그 많은 이야기들을 다 알아들을 것만 같아진다.

제주를 바라보는 시선에는 각이 생기지 말아야 한다. 바다에 엎드려 피는 꽃 앞에서는 나도 몸을 낮춰 바닥에 엎드려야 하고, 기어이 산으로 내달리는 팽나무의 시선을 따르기 위해선 나도 기우뚱 산으로 몸을 기울여야 한다. 사정없이 휘몰아치는 4월 바람에 모가지 뚝뚝 떨어뜨리는 동백꽃 앞에서는 나도 뚝뚝 머리 떨구고 꽃 앞에 오래오래 숨을 죽이고 있어야 한다.

그렇게 시선을 평행으로 맞추었을 때 온전한 제주가 보인다. 아름다운 풍광 속에 음영처럼 박혀 있는 행복과 슬픔, 눈물과 웃음이 보인다. 아름다운 것들이 어떻게 고난의 이유가 될 수 있는지, 평범한 것들은 또 어떻게 생각지도 못한 곳에다 웃음 한 줌 놓고 가는지, 기를 쓰고 지키려 했음에도 빼앗긴 것들, 그저 주어진 것들 때문에 울고 웃어야 했던 것들이 무엇이었는지, 꺾인 데 없는 시선 속으로 들어오는 것이다.

그럼에도 불구하고 나의 시선은 고작 제주의 겉모습에서 약간 안쪽, 시도 때도 없이 만나는 변곡점마다 평행선을 놓치고 불안해했었다는 사실은 새삼 고백하지 않아도 알 것이다.

제주에서 태어나 평생을 제주에서 자랐건만 내가 알고 있는 제주는 아주 작은 부분. 대양을 건너온 파도의 끝부분 같은 것. 그럼에도 그 모습은 너무나 오묘해서 어느 부분 하나 비껴가는 것 없이 내 오감을 자극하는데, 내가 느끼는 이 제주를 오롯이 기록하고 싶어 시작한 글이었다. 내가 알고 있는 나의 작은 세계가 한낱 먼지에 불과할지라도, 내가 구사할 수 있는 언어의 한계가 나의 이런 느낌을 비틀어 놓을지라도, 제주의 소중함을 나의 언어로 표현해 보고 싶었다.

그런 욕심으로 시작한 글이었지만 글을 이어 가는 도중, 몇 번이고 욕심은 그냥 욕심으로 놔둬야 한다는 사실을 절감했었다. 더구나 겁도 없이 시작한 4.3이란 주제는 그 무게감만으로도 나를 충분히 옥죄는 것이었다. 길고 무더웠던 여름이 지나고 잠깐 숨 돌리는 가을이 왔지만 갈수록 무서워지는 두려움이 겨울 다 지나도록 이어졌다.

무게감 다 덜어 내고 가볍게 가볍게, 제주 4.3을 안내하는 여행안내서를 쓰고 싶었다. 그러나 모자란 지식, 충분치 않은 자료, 턱없이 부족한 필력으로 책은 내 두려움에 비례하는 무거운 책이 되어 버렸다. 그러나 간절히 원하는 것은 제주를 찾는 사람들의 여행 일정 속에 제주 4.3의 장소 한두 군데 끼어 있었으면 하는 바람이고, 그 장소에 관련된 제주 사람들의 이야기를 들어주었으면 하는 바람이다. 그런 관심에 이 책이 아주 조금 일조를 할 수 있었으면 하는 바람이다. 그리하여 결국엔 제주 다크투어를 넘어 제주 피스투어를 위한 사람들이, 다시 찾아오는 제주가 되었으면 하는 바람이다.

좌충우돌하는 후배를 위해 모아 두었던 자료는 물론이거니와 시 작품까지 흔쾌히 다 내주시고, 부족한 시간을 쪼개 가며 현장답사 동행을 마다하지 않으셨던 제주작가회의 선배 문인들과, 문우들께 글로 다 하지 못하는 감사의 마음을 전한다. 선뜻 그림을 내어 주신 이명복 화가님, 오래된 사진첩을 뒤져 사진을 골라 주신 고정국 시인님, 바쁜 업무 중에서도 카메라를 놓지 않으셨던 김명완 감리사님, 가수 도현아님, 좋은 글로 어깨 두드려 주신 과학 커뮤니케이터 이독실님께도 모두 모두 감사한 마음이다. 그 갚을 길 없는 감사의 마음을 전하며 앞으로 내가 더 잘할 때까지 쭉, 도움을 청해 보고 싶다.

2022년 제74주년 제주 4.3 희생자 추념일을 앞두고

| 차례 |

제1부

제주 4.3 다크투어의 시작은 비행기에서 내리는 순간부터다.
제주국제공항의 옛 이름은 정뜨르 비행장.
제주 4.3 당시 제주 최대의 학살터.
아직도 확인되지 않은 죽음들이 공항 건물 아래, 활주로 아래,
묻혀 있을 것으로 파악되고 있다.

전설 속에 숨어 있는 이상향처럼 떠 있는 한라산. **사진 김명완**

제주의 관문, 제주국제공항

어린 짐승이 어미 품을 파고들 듯,
제주 사람들은 한라산의 품에서 산다

하늘이 바다인 듯, 바다가 하늘인 듯 경계가 모호했던 허공 한 지점이 문득 짙어진다. 아직은 색깔도 형태도 분명치 않다. 아련하다. 잠에서 막 깨어 눈을 뜨면 내용은 사라졌지만 감정은 생생하게 남은 꿈 같다. 한라산이다. 그렇게 허공에서 만나는 한라산, 한라산으로 먼저 만나는 제주는 전설 속에 숨어 있는 이상향의 느낌이다. 한 번 들어갔다 나오면 동굴 밖에 세워 뒀던 도끼자루는 다 썩어 없어지고, 마을로 돌아오면 아는 사람들 다 사라지고 없는, 미래의 어느 지점으로 돌아올 것만 같은….

잠시 딴 생각을 하는 사이 바다가 점점 선명해지고 있다. 간간이 오가는 배가 파란색 바다를 배경으로 하얀 꼬리를 끌며 가고 있다. 바닥에 끌리는 하얀 면사포 같다. 해안가에 검은색 테두리를 그은 현무암 위로 파도가 하얀 테두리 하나를 덧씌운다.

곧이어 초등학생 색칠 공부하듯 검은색 돌담으로 칸칸이 그려진 제주의 들판이 보인다. 검은색 칸칸마다 가득 채워진 파스텔톤 색깔. 얼핏 보면 다 그게 그거인 것 같지만 자세히 볼수록 아주 미세하게 다른 색깔이다. 아침저녁으로 다르고, 날씨에 따라 다르고, 계절에 따라 달라 보인다. 붓 터치에는 미숙한 것 같지만 색감을 선택하는 것만큼은 그 누구도 따라갈 수 없는 천재성이 보인다.

그 파스텔톤 빛 들판 너머에 한라산이 있다. 아흔아홉 개의 굴곡을 훤히 드러내 보이며 아래로 내려오는 한라산의 맥은 바다까지 이어져 있다. 섬 하나에 산 하나다. 사람들은 어린 짐승이 어미 품을 파고들듯 한라산의 품에서 살고 있다. 어미 몸에 올라가 젖을 빨다가, 어미 몸을 놀이터 삼아 놀다가, 어미 몸에 기대어 잠드는 어린 동물들처럼.

언제 봐도 육지와는 다른 독특한 풍경이다 생각을 하는데, 풍경은 어느덧 제주 시가지를 내려다보고 있다. 빽빽한 도심지 건물 사이로 자동차들이 지나고 있다. 시가지를 지나는 자동차가 점점 커진다 싶었는데, 텅! 소리를 내며 지면에 닿는 비행기 바퀴. 땅이, 초록색 잔디가, 지구가 확, 내 앞에 다가선다. 비행기 몸체가 부르르 떨린다. 제주도 무사히 안착. 이제 내리자.

비행기에서 내리면 맨 먼저 우리를 마중해 주는 건 바람이다. 바람은 후려치듯 머리칼을 흐트려 놓다가도 때로는 부드러운 손길로 어루만지듯 불어오기도 한다. 그와 동시에 바람에 실려 온 제주도 냄새. 비릿하고 짭짤하고 달콤한 자연의 냄새다. 온갖 부정의 현실과 얼룩진 마음을 다 걸러내고 긍정과 맑음의 증류수로 남은 공기가 폐부 깊숙이 파고든다.

이 달콤한 공기, 이 아삭아삭한 바람. 그래, 이게 제주도지. 비행기

구름 위로 솟아오른 한라산, 제주는 섬 하나에 산 하나다. **사진 도현아**

에서 내리고 가장 먼저 하는 건 반가운 마음을 서툴게 표현하는 고향 친구처럼 와서 부딪는 바람에 정면으로 마주 보는 것. 아무리 욕심껏 들이마셔도 누가 뭐랄 것도 없는 제주의 공기. 그 공기를 오래도록 들이마시는 것.

달콤한 공기, 아삭한 바람,
비행기에서 내리고 맨 먼저 하는 건 오래도록 제주 공기를 들이마시는 것

제주에서 나고 자란 나는 제주를 떠나고서야 이 제주 공기 맛의 진가를 알았다. 잠시 타지 생활을 하다 돌아온 제주. 비행기 문이 열리고 문득 불어온 바람에게서 느꼈던 제주의 공기. 그동안 타지에서 나를 괴롭히던 답답증이 제주의 바람 한 줄기에 완전연소가 되는 걸 느꼈었다. 고향에 계실 부모와 형제를 다시 만나는 사실에 버금가는 반가움이었다. 그래 이게 제주의 공기지, 한시도 가만히 있지 못하고 바람으로 흘러 다니는 제주의 공기. 바람에 날려 버린 적막이니 고요니 하는 단어의 뜻을 여기 제주에서는 영원히 알지 못할지도 모른다.

그런 제주의 공기를 마음껏 마시며 천천히 공항을 빠져나온다. 우리들은 지금 제주 다크투어를 목적으로 이곳에 왔다. 제주 4.3으로 대표되는 제주의 비극적인 역사, 그 역사가 얽힌 현장을 찾아보고, 제주의 아름다움 너머에 있는 비극, 그 비극 너머에 있는 평화, 그 외롭고도 긴 오솔길을 걸어 보고자 함이다.

제주 다크투어 일번지는 제주 4.3이다. 우리나라 근대사를 가르는 사건 중에 한국전쟁을 제외한다면 제주 4.3만한 사건이 또 있을까 싶다. 그러나 사실 잘 모르는 사건이다. 아무도 가르쳐 주지 않았고 아무도 알려고 하지 않았다. 그저 어디 저 변방의 어느 섬에서 무슨 일이 있었던 것 같긴 하더라 정도였다.

사건 자체도 비극이었지만, 지금까지도 사람들이 잘 모르는 그 이유도 비극이었다. 잘 안다고 하는 순간, 뭘 모르고 있구나 하는 걸 항상 염두에 두어야 한다고 했다. 제주를 여행하는 동안 아, 정말 내가 뭘 모르고 있었구나 하는 순간들이 많을 것이다. 그러나 그 순간 우리는 조금씩 알게 될 것이다. 여기서 무슨 일이 있었고, 왜 그들이 그렇게 처절하게 죽었는지, 그 후 사람들은 어떻게 살아왔는지, 그리고 지금 나는 뭘 해야 하는지까지….

제주 다크투어의 시작은
비행기에서 내려 땅에 발을 딛는 순간부터

그렇다면 먼저 어디로 가야 할까?

제주 다크투어의 시작은 비행기에서 내리는 순간부터다. 무슨 말이냐고? 1, 2분 간격으로 비행기가 뜨고 내리는 이곳, 하루에도 수천 명씩 오가는 이곳 제주국제공항. 이곳의 옛 이름은 정뜨르 비행장이었다. 제주 4.3 사건 당시 제주 최대의 학살터.

제주국제공항의 옛 이름 정뜨르 비행장 건립은 1942년 일제강점기 때 시작되었다. 태평양전쟁을 일으킨 일본이 본토를 수호하기 위한 결7호 작전의 일환이었다. 제주에 수많은 진지동굴과 네 개의 비행장이 이 결7호 작전이란 이름으로 만들어졌다. 물론 거기에 동원된 사람들은 모두 제주도민들이었다. 강제로 동원되어 곡괭이로 삽으로 현무암을 걷어내고 비행장터를 닦았다. 그중 하나가 이 정뜨르 비행장이었다. 결7호 작전과 나머지 비행장에 관한 것은 나중에 알뜨르 비

하루 수천 명이 오가는 제주국제공항. **사진 김명완**

행장에서 더 자세히 알아보도록 하고, 여기선 제주국제공항에 집중하도록 하자.

1944년 5월 제주도민들을 강제 동원하여 만들어 놓은 비행장은 해방이 되면서 미군정에 인수되었다. 1946년 미군정 소속 C-47 비행기가 서울, 광주, 제주 노선으로 주 2회 운항을 시작했다. 한국전쟁 발발로 잠시 운행이 중단되기도 했지만 이후 1957년에는 활주로를 증설하여 민간항공기가 정기 취항하게 되었고, 1982년 대규모 확장 공사를 진행하여 국제공항으로서의 면모를 갖추게 되었다.

제주 4.3 사건 당시 제주 최대의 학살터
제주국제공항

정뜨르 비행장에서 집단학살된 사람들에 대한 얘기를 하기 위해선 먼저 서귀포시 하원동을 다녀오자. 한라산을 넘어가야 한다. 한라산을 넘어 내려가던 길이 바다에 고꾸라질 듯 가파르게 내려가는 비탈. 서귀포시 하원동 762-1번지에는 삼면위령제단이 있다. 일 년에 한 번, 음력 6월 15일이면 이 제단에서는 유족들과 4.3 관련 단체 소속 사람들이 모여 위령제를 올린다.

지난 7월 24일이었다. 5.16도로를 타고 한라산을 넘어 산록남로를 타고 가다 교차로에서 방향 바꾸기를 반복, 구불구불 한라산 꼭대기에서 흘러내린 용암이 바다를 찾아가던 어느 비탈진 곳에 닿기까지, 꽤 시간이 걸렸다.

코로나19로 인한 사회적 거리두기가 강력하게 시행되고 있는 시점이라 일 년에 한 번 거행되는 위령제에도 참석자들은 그리 많지 않았다. 몇 명의 유족들과 제관들, 4.3 관련 단체 관계자들의 얼굴이 보일

삼면위령제 진행 모습.

뿐이었다. 모두들 마스크 한 얼굴로 겨우 눈인사를 건네고 멀찌감치 떨어져 혼자 서 있거나 의자에 앉아 있는 사람들이었다.

가운데 삼면원혼 위령비가 크게 세워져 있고 양옆으로 당시 희생된 사람들 명단이 쓰인 신위 80여 기가 놓여 있었다. 신위와 위령비 앞에 간단한 제물이 차려져 있고, 이윽고 제복을 갖춰 입은 제관들이 나와 절을 올렸다. 위령제가 시작되는 것이다.

그런데 제관이 첫 절을 올리며 제사를 시작하자, 그에 대한 답변인 듯 고요하던 7월 아침, 제단 주변으로 바람이 건듯건듯 불기 시작했다. 바람은 시간이 갈수록 돌풍으로 변해 사람들 사이를 휘돌아다니며 머리칼을 흐트러뜨리고, 옷자락을 들추고, 행사 시설물들을 쓰러뜨리기 시작했다.

고요하던 7월 아침 날씨,
제사를 시작하자 갑자기 돌풍이 일기 시작했다

그중에서도 몇 개 놓여 있던 화환은 바람의 좋은 목표물이었다. 슬픈 마음을 달래 주듯 한쪽에 환한 모습으로 서 있던 화환 몇 개가 바람에 쓰러졌다. 행사 관계자들이 달려가 쓰러진 화환을 일으켜 세웠다. '무게중심이 잘 맞지 않았던 거지.' 아랫도리보다 머리가 무거운 화환을 잘 세우고 행사 관계자들은 서둘러 다른 볼일을 보러 자리를 떴다.

그러나 화환은 일어나고 얼마 되지 않아 또다시 쓰러졌다. 다시 행사 관계자들이 달려왔다. 또 쓰러지지 말라고 못을 박듯 화환을 세워 놓고 손을 놓았다. 그러나 관계자들의 세심함을 비웃기라도 하듯, 바람은 또다시 화환을 넘어뜨렸다. 뒤에서 발을 걸어 넘어뜨리듯 빙글

반 바퀴를 돌며 쓰러지는 화환.

픽! 픽! 맨바닥에 얼굴을 부딪치는 꽃들의 소리는 그 소리만으로도 충분히 처참했다. 제관의 행동에 집중을 하던 사람들 시선이 화환 쪽으로 걱정스럽게 옮겨졌다. 화환에 꽂혀 있던 꽃들의 목이 부러지고 이파리가 뭉개졌다. 그 후 몇 번 더 화환은 바람에 걸려 넘어지기를 반복했다. 꽃잎이 너덜거렸다. 마치 누군가 일부러 패대기친 듯한 모습. 땅바닥에 주저앉아 통곡하는 사람들의 손에 들린 수건이거나 신발 한 짝이거나⋯ 통곡하는 바람의 손에 들린 화환 몇 개였다. 결국 화환들이 행사장 뒤쪽으로 이동해 벽에 기대고 서서야 사람들은 진행되는 제사에 집중할 수 있었다.

그러나 그 모습을 말없이 지켜보던 사람들의 마음은 복잡했다. 부득불 화환을 치우게 만든 바람이 이곳을 물어물어 찾아온 저 삼면의 원혼들인 것만 같았던 것이다. 아직은 풀지 못한 응어리가 많다는 듯, 아직 꽃을 받아들 때가 아니라는 듯, 통곡하는 원혼들을 만난 것만 같아 마음이 착잡했다.

여기 이 삼면원혼제단은 예비검속으로 희생된 사람들의 위패가 모셔져 있는 곳이다. 예비검속은 한국전쟁이 발발하자 적과 내통할 우려가 있는 사람들을 무조건 잡아들여 학살한 일을 말한다.

예비검속으로 희생된

서귀면, 중문면, 남원면 주민들의 위패가 모셔져 있는 삼면원혼위령제단

물론 제주에서는 4.3이 진행 중이었기에 가족 중에 입산자가 있거나, 1947년 3.1절 사건, 1948년 4.3 사건을 거치면서 조사를 받았거나, 평소 군, 경에 비협조적이었던 사람들이 대부분이었다. 덧붙여 개인적인 원한으로, 그도 아니면 아무런 이유 없이도 잡아들이고 나서 예비검속이란 이름을 붙였다.

삼면은 서귀포경찰서 관내 서귀면, 중문면, 남원면을 의미한다. 1950년 한국전쟁이 발발하자 서귀포경찰서에서는 그 삼면에 사는 사람들 200여 명을 잡아들였다.

그렇게 붙잡혀 들어간 사람들은 절간고구마 창고에 수용되었다가 그해 7월 29일, 8월 10일 두 차례에 걸쳐 모두 사라졌다. 죽었는지 살았는지, 죽었다면 어디서 죽었는지 아무도 알려 주지 않았다. 검거를 할 때도 철저하게 비밀에 부쳤지만 검거된 사람들을 처리하는 것도 비밀에 부쳐졌다. 이는 경찰의 당시 관행이기도 했지만 예비검속이 관련 법령에 근거하지 않고 불법적으로 추진되었던 점도 반영된 것으로 보고 있다.

유족들은 시신이라도 거두기 위해 사람들의 행방을 백방으로 찾아다녔다. 당시에는 정방폭포 인근 해안가에서 집단학살이 빈번했었기에 사람들은 해안가를 뒤지고 다녔다. 그러나 시신은 어디에서도 찾을 수 없었다. 사람들은 절간고구마 창고에 갇혔던 사람들이 바다에서 학살 수장된 것으로 추측했다. 2004년 12월 2일 건립된 삼면희생자위령단이 '삼면원혼제단의 내력비문'을 작성할 때까지도 그렇게 알고 있었다.

그러나 그들은 바다에 수장된 것이 아니었다. 철저하게 침묵 속으로 가라앉았던 죽음의 실상이 2007년 제주국제공항 남북활주로 서북측 지점에서 드러났다. 제1단계 제주국제공항 유해를 발굴하던 조사팀은 유류품에서 도장 두 개를 발견했다. 60여 년이 흐르는 동안에 도장의 주인은 다 썩어 뼈만 남았지만 도장은 선명하게 남아 죽은 자의 이름을 말해 주고 있었다.

'熙銓'과 '梁奉錫'

이 두 개의 도장이 증거하는 인물은 유족들이 그렇게 애타게 찾아 헤매던 서귀면 호근리 출신 김희전 씨와 남원면 의귀리 출신으로 당시 열아홉 살의 의귀국민학교 교사였던 양봉석 씨였다. 모두 예비검속으로 서귀포 절간고구마 창고에 수용되었다가 행방이 묘연한 인물들이었다. 이로써 서귀포경찰서 관내 예비검속자들은 지금의 제주국제공항, 당시 정뜨르 비행장에서 집단학살된 것으로 확인되었다. DNA 감식 결과에서도 발굴된 유해 123구 중 27명이 서귀포경찰서 관내 예비검속 희생자임이 밝혀졌다.

삼면 예비검속자들의 시신은
2007년 제주국제공항 남북활주로 서북측 지점에서 발굴되었다

제주의 시작과 끝, 제주국제공항. 제주를 찾는 사람들이라면 제주의 땅에 맨 처음 발을 붙이는 곳이 바로 제주국제공항이다. 설레고 가볍고 즐거운 마음 가득한 이곳도 4.3의 영령들이 깊고 어두운 지하에 누워 비행기 바퀴에 짓이겨지고 있는 곳이다. 때문에 제주를 찾는 사람들은 의도하지 않았지만 제주에 발을 붙이는 순간부터 제주 4.3의 영령들을 발로 밟으며 그들의 잠을 깨워 버리는 꼴이 되고 만다.

김수열 시인은 그의 시 〈정뜨르 비행장〉에서 비행장 활주로 아래 누워 아직까지 잠들지 못하는 영혼들의 고통을 공감하고 또 그 후대손으로서 제 역할을 다하지 못함을 안타까워하고 있다.

하루에도 수백의 시조새들이
날카로운 발톱으로 바닥을 할퀴며 차오르고
찢어지는 굉음으로 바닥을 짓누르며 내려앉는다
차오르고 내려앉을 때마다
뼈 무너지는 소리 들린다
빠직 빠직 빠지지직
빠직 빠직 빠지지직

시커먼 아스팔트 활주로 그 밑바닥
반백년 전
까닭도 모르게 생매장되면서 한 번 죽고
땅이 파헤쳐지면서 이래저래 헤갈라져 두 번 죽고
활주로가 뒤덮이면서 숨통 막혀 세 번 죽고
그 위를 공룡의 시조새가
발톱으로 할퀴고 지날 때마다 다시 죽고
육중한 몸뚱어리로 짓이길 때마다 다시 죽고
그때마다 산산이 부서지는 뼈소리 들린다
빠직 빠직 빠지지직
빠직 빠직 빠지지직

(중략)

이따금 나를 태운 시조새
하늘과 땅으로 오르내릴 때
내가 할 수 있는 일이란 고작
잠시 두 발 들어올리는 것
눈 감고 잠든 척하며 창밖을 외면하는 것

_김수열 〈정뜨르 비행장〉 부분

4.3 사건이 일어날 당시만 해도 정뜨르 비행장은 도두봉 가까이 있는 활주로 하나로 군용기가 겨우 이착륙할 수 있는 시설이 전부였다. 사람들의 시선에서 비껴난 곳이었기에 아무도 몰래 사람을 처형하기엔 최적의 장소였다. 때문에 수많은 관광객들이 드나드는 지금의 제주국제공항은 당시 수많은 사람들이 매일같이 죽어 가던 장소였다.

이곳에서 사람들이 집단학살되었다는 증언과 목격담은 무성했었다. 도두리 김예봉 씨는

"사람들이 학살되어 묻힐 구덩이는 민보단원들에게 시켜 미리 파게 했어. 지금은 비행장이 들어서 버렸는데 마을 남쪽에 '궤동산'이라고 한 데가 있어. 실려 온 사람들은 버스로 두 대, 한 80여 명은 넘을 거라. 그 사람들 옷을 전부 벗겨서 구덩이 가에 세우더니만 민보단원들에게 죽창과 철창으로 찔러 죽이라고 했어. 그 후에 기관총으로 바드드드 하게 쏘아 죽여 버렸어. 시체들은 그 웅덩이에 담아 묻혀 있다가 나중에 비행장이 확장될 때 그 속에 포함되어 버렸지. 지금도 그곳 활주로를 들추어내면 수많은 시체들이 나타날 것이여."

라고 말한다. 이런 증언들은 2007년 8월부터 시작된 유해 발굴을 통해 하나씩 사실로 밝혀지기 시작했다.

제주국제공항에서 사람들이 집단학살되었다는 증언과 목격담은 유해 발굴을 통해 하나씩 사실로 밝혀지고 있다

제주공항의 유해 발굴 작업은 크게 세 차례에 걸쳐 진행되었다. 1단계 발굴 작업이 2007년 8월 8일부터 2008년 8월 6일까지 1년간 이어졌다. 서귀포경찰서 관내 예비검속자들이 이곳에서 집단학살되었음이 밝혀진 것도 이 발굴 작업에서였다.

이미 관련 목격자들과 증언을 토대로 예비검속자들 수백 명이 이곳에서 학살, 암매장되어 있을 것으로 추정하고 시작한 발굴 작업이었으나 정작 눈앞에 현실로 드러난 유골 앞에 사람들은 말을 잊었다. 집단학살 된 후 한꺼번에 묻혀 있는 시신들과, 총알이 박힌 뼛조각, 그들에게 쏘아졌던 총알의 탄피, 신발, 단추, 허리띠 등의 유류품들이 쏟아져 나왔다.

그중 일부는 공항 확장 공사를 하면서 훼손된 시신들도 있었다. 김수열 시인이 말한 '땅이 파헤쳐지면서 이래저래 헤갈라져 두 번 죽은 시신들'이었다. 이때 발굴된 유해 수를 123구와 또는 128구로 자료에 따라 차이가 나는 이유도 시신 훼손 정도가 심하여 감식을 위한 유골의 유전자 샘플을 채취하는 과정에서 개체 분류가 더해진 결과라고 한다.

그럼에도 1단계 발굴 조사를 통해 유해 128구와 도장 등 유류품 659점을 발굴, 수습했다. 그동안 증언으로만 전해지던 예비검속 희생자들의 실체가 드러난 것이다. 모슬포경찰서 관내 예비검속자 희생자 13명의 신원도 파악되었다. 모슬포경찰서 관내 예비검속자 중 일부는 섯알오름 탄약고터에서 희생되었고 일부는 정뜨르 비행장으로 끌려와 희생되었음을 확인한 것이다. 그리고 삼면원혼제단에서 확인했던 서귀포경찰서 관내 예비검속자들이 이곳에서 희생되었다는 것도 확인이 되었다.

아직도 확인되지 않고 있는 죽음들

그러나 아직 확인되지 않는 것들도 있다. 제주경찰서 유치장과 주정공장으로 끌려와 수용되었던 제주시 관내 예비검속자들이다. 이들 중 일부는 바다에 수장되고 일부는 이곳에서 처형되었다는 증언이 계속

제주국제공항 활주로.
이 활주로 바닥 어느 아래, 아직도 유해가 묻혀 있을 가능성이 많다. 사진 김명완

이어지고 있지만 세 차례에 걸친 유해 발굴 과정에서도 아직 구체적으로 확인되지는 않고 있다.

주정공장에서 공항 쪽으로 수감자들을 싣고 다수의 트럭이 이동했다는 증언으로 미뤄 보아 아직도 비행장 안 어느 땅속에는 많은 수의 유골들이 있을 것으로 추정된다. 공항이라는 특수한 환경 때문에 발굴 조사가 쉽지 않은 것도 사실이지만 지속적인 유해 발굴이 이뤄져야 하는 이유이기도 하다.

2단계 발굴 조사는 2008년 9월 4일부터 2009년 9월 3일까지 이어졌다. 1949년 불법적인 2차 군법회의에 회부되어 사형이 선고된 민간인 249명과 9연대 군인이 총살 암매장되었다는 증언에 따라 추정되는 곳은 남북활주로 동북측 지점이었다. 여기서 259구의 유해와 1,311점의 유류품이 발굴되었다.

군법회의에 대해서는 제주항에서 자세히 알아보도록 하자. 제주에 도착하자마자 너무 무거운 얘기들이 이어지고 있으니 말이다.

제주공항의 3단계 유해 발굴 조사는 2018년 7월 10일부터 12월 19일까지 이뤄졌다. 1, 2단계 유해 발굴 조사 과정에서도 확인이 안 된 제주 북부 즉, 제주경찰서 관내 예비검속 희생자의 유해를 찾기 위함이었다. 그러나 여러 증언에도 불구하고 제주 북부 예비검속 희생자들을 찾지는 못했다. 아마도 비행장 활주로 바닥이거나 조사팀이 접근할 수 없는 어느 아스팔트 아래, 유해가 묻혀 있을 가능성이 높다.

공항이라는 특수성 때문에 수백여 기의 유해가 발굴된 발굴터에 일반인들이 출입할 수는 없다. 내 아버지, 형, 동생, 아들이 70여 년 동안 묻혀 있던 곳임에도 유족들조차 접근할 수 없다. 그렇다고 사람들이 접근 가능한 공항 내 어느 곳을 찾아봐도 이곳이 4.3으로 인한 최대 학살터였다는 사실을 말해 주는 안내문도 하나 없다. 철저하게 묻혀지고, 철저하게 현재적 관점만 진열된 곳이 바로 공항이다.

아직도 가족의 품으로 돌아가지 못한 영혼들의 슬픈 역사 위에
오늘의 우리가 두 발 딛고 있음을…

제주를 여행하는 우리가 제주에 첫발을 내딛는, 이 땅속 어딘가에 묻혀 있는 그들을 위로할 방법은 많지 않다. 아니 어떠한 행위들로도 그들을 위로할 수는 없을지도 모른다. 그래서 비행기가 뜨고 내릴 때마다 시인처럼 '잠시 두 발을 들어올리'고, '눈 감고 잠든 척하며 창밖을 외면하는 것'이 우리가 할 수 있는 일의 전부일지도 모른다.

그럼에도 우리가 그들을 기억하고 그들의 이야기를 전하는 사이, 감았던 눈을 뜨고 창밖으로 보낸 시선에는 그날 슬프게 쓰러졌던 사람들의 흔적을 찾을 것이다. 그리고 언젠가는 그 흔적에 묻혀 있던 이들이 깊고 어두운 땅속을 헤쳐 나와 스스로를 증언할 날이 올 것임을 믿는다.

그러니, 여러분들이 제주여행을 위해 이곳에서 비행기를 타고 내릴 때면 잠깐만이라도 그들을 생각해 주시라. 시선을 창밖으로 돌리고 비행장 활주로 어느 끝점, 비행기 날개가 지나는 잔디밭 어느 아래, 아직도 제 가족의 품으로 돌아가지 못한 영혼들이 잠들어 있다는 사실을 기억해 주시라. 그들의 슬픈 역사 위에 오늘의 우리가 두 발 딛고 있음을 잊지 말아 주시라.

제주 역사의 시작점, 관덕정

제주의 모든 시간이 응축된 공간, 관덕정

제주 역사의 시작점은 관덕정이다. 조선 세종 30년[1448]에 세워졌다는 건물의 연륜도 그렇지만 제주에 몇 개 안 되는 보물이라는 점. 그리고 관덕정을 중심으로 제주목관아, 제주향교, 향사당… 등, 기와지붕을 얹은 건물들이 역사의 냄새를 풍기며 관덕정을 옹립하듯 서 있으니, 딱 봐도 뭔가 있을 것 같은 분위기다.

더구나, 관덕정보다 더 오래전에 지어지긴 했지만 여러 차례 없어졌다가 다시 지어지기를 반복한 제주목관아나, 사람들 시선에서 살짝 비껴나 앉은 향사당과는 달리 관덕정은 도로 한복판에 고스란히 모습을 드러낸 건물이다. 해서 제주 사람들은 물론이고, 제주를 여행하는 사람들도 모두 한 번쯤 그 모습을 봤거나 적어도 이름이라도 들어볼 정도로 많이 알려신 건물이기도 하다.

관덕정에서 시작된 길은 동문을 거쳐 동일주도로를 타고, 서문을 거쳐 서일주도로를 타고 제주의 마을을 지나간다. 그리고 그렇게 나간 길은 서귀포에서 만나 교차점을 찍고 동쪽의 마을 마을을 돌아 동문으로, 서쪽의 마을 마을을 돌아 서문으로 들어온다.

남문으로 나간 길은 한라산 성판악을 넘어간다. 서귀포의 중심점을 돌아 이번엔 영실과 어리목을 지나는 한라산 제2횡단도로를 타고 들어오면 우리들의 첫 시작점, 관덕정 앞에 다시 서게 된다.

제주의 모든 시간이 관덕정이란 공간에서 응축되어 제주의 역사가 되고, 발화점에서 사방으로 흩어지는 연기처럼, 응축되었던 역사는 다시 머리를 풀며 제주 사람들의 가슴과 머리로 스며들어 새로운 미래를 만들어 가는 것이다.

관덕정 앞은 1898년 무등이왓 산속에서 화전을 일구던 방성칠이 가혹한 세금 징수를 시정하라며 횃불을 들고 서 있던 장소였다. 그로부터 3년이 지난 후 약속을 제대로 지키지 않은 위정자들의 횡포에 맞서 다시 횃불을 들었던 이재수가 봉세관들과 결탁하여 과도한 세금을 징수하는데 앞장선 천주교도들을 처단한 장소이기도 했다.

1947년 2월 10일에는 까까머리 중학생들이 양과자 불매운동을 위해 친구들과 어깨동무를 했던 곳이다. 그리고 그해 3월 1일, 경찰의 발포 사건도 바로 이 관덕정 광장에서 벌어졌다. 경찰의 총에 맞아 쓰러지는 사람의 시선에 관덕정 처마가 빙글 쓰러진 후 제주 4.3항쟁의 사령관이었던 이덕구의 시신이 걸려 있던 장소이기도 했다. 누군가의 눈물조차 없이 내걸린 불운한 사령관의 시신을 관덕정은 말없이 지켜봐야만 했다.

그러니 제주 역사를 투어하고자 하는 당신이라면 가장 먼저 찾아야 할 곳으로 이만한 데가 또 있겠는가. 지금은 도심지 공동화현상으로 오래된 느낌이 나는 것도 사실이지만, 전생 어디쯤서 꼭 한 번은 만났

관덕정 전경, 예술가들의 공연이 열리고 있다.

을 것 같은 모습으로 서 있는 관덕정. 여기가 바로 제주 역사의 시작점이다.

평범한 사람들의 자잘한 삶의 배경이었던 관덕정

굵직한 역사의 현장을 지킨 것만은 아니다. 관덕정은 평범한 사람들의 자잘한 삶의 배경이 되기를 마다하지 않았다. 젊은 남녀의 만남의 장소이기도 하고, 하루 일과를 마치고 귀가를 서두르는 어느 평범한 가장이 버스를 기다리는 장소이기도 했다. 지금도 사람들은 관덕정 앞에서 만남을 약속하고, 관덕정 버스 정류장에 앉아 버스를 기다린다.

옛 모습을 회복한 제주목관아 앞으로 이어진 광장에서는 가끔 예술인들의 공연이 열리고, 달콤한 저녁 바람이 불기 시작하면 딱히 공연이 없더라도 광장 계단에는 연인들이 앉아 시간 가는 줄을 모른다. 아이들을 데리고 나온 가족들의 단란한 한때가 분위기를 맑게 해 주고, 휴일이면 제주 역사투어 깃발 뒤로 한 떼의 사람들이 모여들어 북초등학교 골목으로, 향사당 골목으로, 탑동 쪽으로 사라지기를 반복하는 곳이다.

관덕정에서 제주 역사투어를 시작하려는 당신이라면 잠시 관덕정 광장 계단에 앉아 바람 소리를 들어보자. 오가는 자동차 소리가 사라질 때까지, 사람들의 말소리가 사라질 때까지 바람 소리에 신경을 집중해 보자. 어디선가 함성 소리가 들리지 않는가.

우렁우렁한 방성칠의 목소리가 그 함성 위로 두둥실 떠오르고, 이재수를 앞세운 농민들의 분노에 찬 함성이 들리지 않는가. 양과자 불매운동을 외치며 작은 어깨를 걸었던 중학생들의 앳되고도 생기 넘치는 함성 위로 1947년 3월 1일 3만 명 제주도민들의 신명나는 함성이 겹친다.

그리고 그 희망과 의지에 찬 함성을 찢어내던 총소리.

그래 맞다. 저 총소리 쪽으로 가 보자.

1947년, 제28주년 3.1절 기념대회, 3만여 제주도민 참가

1947년 3월 1일은 제주 4.3항쟁의 기점이 되는 날이다. 그리고 그 장소는 바로 이 관덕정 광장. 1945년 8월 15일. 일본의 항복을 하고 나서 이듬해 3월 1일은 정신없는 사이에 기념식 다운 기념식도 못하고 그냥 지나가 버렸지만, 1947년 3월 1일은 달랐다. 드디어 우리 땅에서 온전히 만세를 부를 수 있는 날이었다. 오랫동안 숨죽이며 간직해 온 태극기를 마음놓고 꺼내어 흔들 수 있는 날이었다. 해방된 나라, 인민이 주인 되는 나라. 이전과는 다른 새로운 나라를 만들 수 있다는 가슴 벅찬 희망으로 사람들은 모여들었다.

그러나 이미 가두시위를 불허하는 등 '제28주년 3.1절 기념대회'를 탐탁치 않게 여겼던 미군정과 경찰. 팽팽한 긴장감이 감돌았지만 3만여 명이 모인 기념식을 무사히 마쳤다. 3만이란 숫자는 당시 제주도 인구의 10퍼센트였다.

제주도는 예로부터 저항의 몸짓이 강한 곳이었다. 방성칠, 이재수만이 아니라, 일제강점기하에서도 해녀항일운동을 전개하는 등, 누르면 누르는 대로 호락호락하게 당하기만 하면서 살지는 않았다. 아니, 누르면 누르는 대로 당하다가는 목숨부지가 힘들었던 곳이어서 더 그랬는지도 몰랐다.

일제강점기하에서 이러저러한 이유로 일본으로 건너갔던 6만여 명의 사람들이 8.15 직후 제주에 돌아왔다. 이들 대부분은 일본 등지에서 계급의식을 갖고 노동운동에 참여했던 사람들이었고, 그런 면에서 제주의 당면과제를 해결하기 위해 적극적인 활동을 벌여 나갈 수 있는 사상적 기반이 마련된 사람들이었다.

당시 제주는 해방된 나라의 국가를 건설하는 일과 함께 치솟는 물가와 식량문제, 치안문제, 백년대계를 설계할 교육문제 등 풀어야 할 과제들이 산적해 있었다. 무언가 구심점이 필요했다.

8월 15일 일본 항복이 떨어지자마자 사람들은 9월 10일 도 단위 건국준비위원회를 출범시켰다. 이를 발전적으로 해체하여 9월 22일 도 인민위원회를 조직했다. 발 빠른 행동이었다.

이에 반해 10월 23일이 되어서야 일본은 겨우 철수를 시작했다. 철수가 완료될 즈음 11월 9일 광주에 있던 제59군정 중대가 제주에 주둔함으로써 미군정 업무가 시작되었다.

아무런 사전 준비도 없이 들어온 미군정은 1946년 8월 1일 제주도를 도(道)로 승격시키면서 도내에 경찰기구와 경비대를 만들었다. 도제 승격에 따라 내야 할 세금들은 많아졌고, 그 세금의 부담은 고스란히 도민들의 몫이 되었다.

갑작스런 인구증가로 가뜩이나 식량이 부족한 상황에서 미군정의 미곡수집정책은 도민들의 강한 반발을 불러일으켰다. 인민위원회는 미군정의 정책에 맞서 미곡수집거부운동을 전개했다. 도민들은 이에 적극적으로 호응했다. 그런 상황에서 1947년 3월 1일. 제28주년 3.1절 기념대회가 열린 것이다.

제주 4.3항쟁의 시작과 끝이 관덕정 광장에서…

수많은 사람들과 광장에 서 본 사람들은 알 것이다. 그 많은 사람들의 함성과 흥분, 설렘, 각오, 붉은 얼굴, 누구라도 붙잡고 마음을 터놓고, 누구라도 붙잡고 희망을 얘기하고 싶다는 것을. 그리고 그런 벅찬 감정은 또 다른 정의로움을 만들어 자신들의 손으로 만들어 갈 새로운 나라에 대한 희망을 품기에 충분하다는 것을.

그러나 그런 희망과 흥분 속에 은밀히 숨어드는 뒤틀린 운명은 얼마나 비겁한가. 기마병의 말발굽, 항의하는 군중, 그들의 머리 위로 쏟아지는 총탄, 그 총탄에 맞아 쓰러진 사람들이 흘린 피. 민간인 여섯 명의 사망, 여덟 명의 부상, 그리고 흩어지는 사람들… 단단히 여물어 있던 제주 4.3항쟁의 씨앗이 터지고 있었다.

역사의 가정만큼 불필요한 게 또 있겠는가마는 가정을 해 보자. 그때, 말발굽에 한 아이가 치었을 때, 그 기마병이 내려 "미안하다, 빨리 병원에 가자."라는 말 한마디를 했더라면, 아니, 미처 그때 그런 말을 하지 못했다면, 주변에 있던 군중들이 항의할 때, 군중들의 성난 눈빛에 못 이겨서라도 '미안하다.'는 말 한마디를 했더라면, 그도 아니면 그때 군중들을 향했던 총구가 방향을 약간 비틀어 하늘을 향하거나 사람들 사이를 비틀어 나갔더라면, 아니, 여섯 명의 무고한 목숨과 여덟 명의 부상자를 남기고라도, 사건을 뒤늦게 접한 어느 책임자가 '미안하다.' 한마디를 했더라면, 아니 아니, 그러고도 그 후 여러 단계를 거치면서 깊어지는 분노의 어느 한 지점에서 누군가 '미안하다.' 한마디를 했었더라면… 제주도민 3만의 목숨과 그 위로 덧씌워진 억울함과 아픔의 세월은 사라졌을지도 모를 일이었다.

그러나 그날 이후 아무도 '미안하다.'는 말을 하지 않았다. 탄압만이 있을 뿐이었다. 검거와 고문, 이에 항의하는 도민들의 민관 총파업이 이어지고 있는데도 미군정은 응원경찰대와 서북청년단의 증원배치로 역사의 블랙홀을 마련하고 있었다.

그리고 그 항쟁의 전면에 나섰던 제주 4.3항쟁 인민유격대장 이덕구의 시신이 1949년 6월 8일 관덕정 광장 한쪽에 내걸리면서 제주도민의 4.3항쟁은 실질적인 마무리 수순으로 접어들게 되었다. 제주 4.3항쟁의 시작과 끝이 모두 이 관덕정 광장에 있었던 것이다.

지금은 제주목관아가 복원되어 있지만 당시 거기엔 일제강점기 때 지어진 콘크리트 건물에 경찰서가 자리하고 있었다. 경찰서 건물은 1998년 제주목관아지 복원사업으로 철거되었다. 학생운동이 활발했던 87년 6월 항쟁 당시에는 시위하다 붙잡힌 학생들이 들어와 조서를 쓰기도 하고, 하룻밤을 철창 안에서 지새우다 재판에 넘겨지기도 하던 곳이었다. 제주도민들에게 유전자처럼 남아 있는 경찰서에 대한 공포심. 그 발원지가 바로 여기였던 것이다.

제28주년 3.1절 기념식이 열렸던 제주 북초등학교

시간이 좀 된다면 관덕정 근처에 있는 북초등학교를 찾아가 보는 것도 좋다. 1947년 3월 1일 '제28주년 3.1절 기념식'이 열렸던 곳이다. 제주도에서는 최초의 공립 초등교육기관이다. 1907년 5월에 '제주관립보통학교'로 개교했지만 실상 따지고 보면 이보다 10년 전인 1896년으로 개교 시기를 봐야 한다고 한다.

조선 정부의 소학교령 공포에 따라 수도권 지역을 중심으로 공립소학교들이 세워졌고, 그 이듬해 전국으로 확대되어 제주목에도 공립소학교가 설치되었다. 지금의 북초등학교의 전신은 바로 이때 세워진 공립소학교로 봐야 한다는 것이다. 이 공립소학교의 개교는 1896년 9월 21일이었다. 두 번의 육십갑자를 지나고도 몇 해가 더 흐른 것이다.

북초등학교를 중심으로 한 일대는 당시 행정의 중심지였다. 제주도청과 제주읍사무소가 있었고, 법원과 경찰청 등이 있었다. 지금은 이런 행정기관들이 다른 곳으로 이전해 있지만, 지금까지도 1945년에 문을 연 우생당 서점이 있고, 1953년에 영업을 시작한 함흥면옥이 아직도 냉면을 만들어 팔고 있다. 같은 해 문을 연 조일약국도 지금까지 손님을 받고 있다.

근처의 이런 곳을 다 돌아보기에는 시간이 빠듯하지만 지금은 오히려 한적하게 느껴지는 북초등학교 운동장에 서서 역사의 숨결을 느껴 보는 것도 좋을 것이다. 3만 명 중 그 누군가의 발자국이 닿았던 땅에 내 발자국을 놓고, 그들이 들이쉬었던 공기의 어느 한 부분을 깊게 들이마셔도 좋을 것이다. 그들이 내뱉었던 숨결이 내 폐를 타고 몸 깊숙이 들어와 정신의 어느 부분, 세포 속 어느 한 작은 부분에서 손을 마주잡고 있을지도 모를 일이다.

박진경 대령 진급 축하연이 열렸던 고급 요정, 옥성정

관덕정을 떠나기에 앞서 한 곳만 더 들러 보자. 관덕정 서북쪽으로 난 골목을 목관아지 울타리를 따라 걷다 보면 지금은 개인주택이 된 2층짜리 건물이 있다. 여기가 바로 옥성정이다. 당시만 해도 제주시내에서 가장 큰 2층짜리 고급 요정이었다. 뜬금없이 웬 요정이냐고 할지 모르지만 아시는 바대로 우리나라 근대 이후 굵직한 역사들은 대부분 이런 고급 요정에서 비롯된 경우가 많았다.

4.3 당시 국방경비대 제11연대 박진경의 진급 축하연이 열렸던 곳이다. 제주에서의 근무 기간 총 43일, 근무 기간 중 도민 검거수 6천

박진경 대령의 진급 축하연이 열렸던 옥성정, 지금은 개인주택이 되어 있다.

여 명, 근무 기간 중 자신의 휘하에 있던 병사 41명이 무기를 들고 한라산으로 입산, 그럼에도 그는 부임 후 한 달도 못되어 대령으로 진급했다. 그리고 승진 축하연이 1948년 6월 17일 이곳 옥성정에 마련되었다.

일본에서 영문학을 전공하여 영어에 능통하고 "우리나라 독립을 방해하는 제주도 폭동 사건을 진압하기 위해서는 제주도민 30만을 희생시키더라도 무방하다."고 천명했던 그를 당시 미군정 장관이었던 딘이 그렇게 아꼈다고 한다. 딘 장관의 기대에 부응하듯 그는 열심히 제주도민들을 잡아들였고, 그 공로를 인정받아 진급을 했던 것이다. 이런 경사스런 축하 자리에 미군 장교들과 11연대 참모들이 참석했다.

사방은 제주도민들의 생사를 건 어둠의 시간이 이어지고 있었지만 옥성정 안에서는 제주도민들을 죽음의 구렁텅이로 몰아넣은 한 사람의 진급을 축하하는 불빛이 오랫동안 꺼지지 않았다. 그러나 그의 웃음은 그날이 마지막이었다. 축하연을 마치고 돌아온 날 새벽, 그는 그의 부하였던 문상길 중위와 손선호 하사에 의해 암살되었다. 제주도민에 대한 강경 진압을 더 이상은 두고 볼 수 없었던 부하들이 그를 살해한 것이었다.

문상길 중위와 손선호 하사
"나의 행동은 온 겨레를 위한 것인 만큼 달게 처벌을 받겠다."

딘 장관의 애통함은 컸다. 그가 직접 제주에 내려와 시신을 운반해 갔다. 그리고 서울 남산동에 있는 경비대 총사령부에서 부대장(葬)으로 성대한 장례식을 치렀다. 그러는 사이 제주도 내 기관장들은 '토벌작전을 성공적으로 이끌었다.'며 관덕정 경찰국 청사 안에 박 대령의 추도비를 세웠다. 그의 고향인 남해군 앵강고개 군민 동산에는 그의 양아들인 박익주 전 국회의원이 그의 동상을 거대하게 세웠다. 동상 앞에는 돌하르방 2기가 마치 동상을 옹위하듯 서 있었다. 제주 4.3이 회자되기 시작하면서 돌하르방도 철거되고, 그의 동상도 뒤쪽으로 물러났지만 아직도 그를 추모하는 기록들은 여전하다.

부하들의 총탄에 맞아 죽은 박진경 대령이 이렇게 역사의 전면에서 안타까운 희생자로 추대되어 갈 동안, 제주도민들을 상대로 한 강경진압을 안타까워하며 스스로 암살자가 되었던 문상길 중위와 손선호 하사는 어떻게 되었을까. 박진경 대령의 피살사건은 육군장(葬) 제1호로 기록된 고급장교의 첫 희생이어서 세간의 관심을 불러일으켰다. 언론에서도 재판 과정을 비중 있게 다루었다.

문상길 중위와 손선호 하사 외에도 이 사건과 관련된 다른 피고인들은 한결같이 김익렬 전 연대장과 박진경 연대장의 작전을 비교하면서 무모한 토벌을 막기 위한 것이 암살 동기라고 밝혔다. 직접 총을 쏘았던 손선호 하사는 재판에서 "박 대령의 30만 도민에 대한 무자비한 작전 공격은 전 연대장 김익렬 중령의 선무작전에 비하여 볼 때 박 대령의 작전방침에 대하여 불만을 갖지 않을 수 없다."고 했다. 이어 "박 대령을 암살하고 도망갈 기회가 있었으나 30만 도민을 위한 일이므로 그럴 필요도 없었다. 나의 행동은 온 겨레를 위한 것인 만큼 달게 처벌을 받겠다."고 하였다.

재판에 관선변호인으로 참여했던 김흥수 소령은 "문 중위 이하 각인은 산 사람의 지령을 받은 일도 없고 또 무슨 사상적 배경을 가지고 한 일은 아니다. 다만 민족을 사랑하는 마음과 정의감에서 나온 것이라고밖에 달리 볼 수 없다."고 변호하였다.

민선 변호인으로 참여했던 김양 변호인도 "이번 제주도의 소요사건은 직접 원인이 일부 악질 경관과 탐관오리의 비행에 기인하여 발생하였다는 것은 이미 여러 방면의 책임자들이 지적하는 바이다."라고 하고 "이런 용감한 젊은 생명은 살려 두었다가 차라리 우리 조국을 위하여 죽을 기회를 줄 것을 바란다. 또한 그들은 반드시 이 민족을 위하여 싸울 것으로 믿는다."고 변호하였다.

그러나 인권옹호연맹의 총살 집행 반대, 일장기 말소사건 당시 동아일보 편집국장이었던 언론인 설의식과 이은상 시인, 채만식 소설가 등 뜻 있는 사람들의 구명운동에도 불구하고 1948년 9월 22일 문상길 중위와 손선호 하사는 경기도 수색 동방 5리 지점, 이름 없는 붉은 산기슭에서 총살되었다. 그리고 국가 건립의 위대한 여정에서 걸림돌이 되는 것들을 정리해 내던 국가적 일꾼을 암살한 죄로 문상길 중위와 손선호 하사 등은 역사에서 깨끗이 지워졌다.

제주도민을 위해 스스로 암살자가 되어
역사에서 지워졌던 이름, 문상길, 손선호

한 달 새 6천여 명의 무고한 제주도민들을 잡아들이고, 무자비한 죽음을 안겼던 박진경 대령은 곳곳에 추모비가 건립되고 그에 대한 영웅적 기록이 넘쳐날 때, 국가라는 이름으로 행해지던 폭력을 차마 볼 수 없어 그 폭력의 한 끄트머리를 쏘아 쓰러뜨렸던 문상길 중위와 손선호 하사는 어디에서도 흔적을 찾아볼 수 없었다.

'문상길, 손선호'라는 선명한 이름은 남로당 세포, 프락치라는 오명으로 지워져 갔다. 역사의 죄인이라는 낙인만 무성한 채 70여 년의 세월이 흘렀다. 그러나 그 어떠한 진실도 시간이 가면 드러나는 법. 문

복원된 문상길 중위의 생가 사진 강덕환

상길 중위에 대한 흔적은 최근 한 시인의 집요한 탐문에 의해 밝혀지고 있다. 제주에 내려왔다가 지인들과의 술자리에서 문상길 중위의 고향이 시인의 고향과 같은 안동이었을지도 모르겠다는 얘기만으로 안동의 문씨 집성촌을 다 뒤져 그의 흔적을 찾아낸 안상학 시인.

지금은 임하댐 아래 수몰된 안동군 임동면 마령리 속칭 이식골이라 불리는 곳에서 문상길 중위는 남평문씨 종갓집 막내아들로 태어났다. 어렸을 때에는 부모를 따라 만주에서 소학교를 마쳤고 해방 후 귀국하여 국군준비대에 입대하였다가 국군준비대가 해산되자 국방경비대 제1기생으로 입대했다. 이후 1946년 11월 제3기 사관학교 졸업 후 제주에 파견되어 역사의 한 장을 채우고 사라진 것이다.

외면되고 잊혀진 문상길 중위처럼 그가 살았던 고향의 골목이며 집들도 다 물속에 잠기고 말았다. 그러나 다행스럽게도 아니, 역사의 진실처럼 그가 살았던 종택은 경상북도 민속자료 69호로 지정되어 비록 복원된 형태지만 고스란히 남아 있었다. 안동시 남후면에 지어진 기와까치구멍집이 바로 그것이다.

그동안 문상길 중위의 흔적을 찾아 그의 위상을 바로 세우려 노력했던 제주작가회의 강덕환 회장을 비롯한 몇몇이 이 소식을 듣고 안동으로 올라갔다. 안상학 시인의 안내로 문상길 중위의 종택을 찾아 그가 살았던 흔적을 둘러보았다. 비록 재현된 집이었지만 그 집에서 어린 시절을 보냈던 문상길 중위를 생각하며 일행은 오래도록 막걸리 잔을 기울였다고 했다.

거기서 살았던 사람도 잊혀졌고, 집도 그가 살았던 그 집은 아니었지만 아직도 거기엔 문상길 중위가 어렸을 때 먹었던 씨간장이 남아 있었고, 집안 곳곳에 그의 손때가 남아 있을 듯한 기둥이며 서까래,

문짝 등이 그대로 옮겨져 있었다.

한 집안의 종가에서 태어나 일제강점기에서는 만주로 이주하였다가 해방 후에 돌아온 고국에서는 나라를 지키기 위해 국방경비대 대원으로 활약하다, 국민을 지키는 국군으로서의 사명을 다하기 위해 과감히 상관의 머리에 총탄을 발사하라 명령했던 문상길 중위, 그의 나이 23세였다. 아직은 사랑하는 여자 앞에서 얼굴 붉히며 말도 제대로 못하던 순진한 청년이었다.

문상길 중위가 제주에서 근무하는 동안 제주여중 출신의 제주도 여성과의 연애담은 부대 내에서 공공연한 비밀이었다고 한다. 그러나 그 일이 있고 난 후 그 여성이 무사할 리 없었다. 여성과 그 여성의 어머니까지 문상길의 죄를 물어 처형되었다. 사랑하는 여성을 남겨 두고 역사가 이끄는 대로 따라갈 수밖에 없었던 문상길 중위. 그 불행하지만 영원히 푸른 청춘에게 우리가 할 수 있는 건 무엇일까.

문상길 중위의 흔적을 찾아 안동의 문씨 집성촌을 다 뒤지며 다녔던 안상학 시인은 그의 시에서

내가 한 일은 다만
1948년 그 사내가 안동 사람이라는 사실을 증명한 것

제주도민을 토벌하라는 명령을 내린 지휘관을 암살한,
국군이 국민에게 결코 총부리를 겨눌 수 없다던
대한민국 제1호 사형수 문상길 중위
고향이 어디인지 누구도 알 수 없었던
역사의 뒤안길에 묻힌 향년 스물셋 사내, 고향은 안동
(중략)

무자년 사내가 가고 72년 만에 내가 한 일은 다만 그의 흔적을 찾은 것일 뿐, 고작 대문간에 막걸리 한잔 올리고 그의 죽음을 전하는 일이었을 뿐, 그 사이 하늘나라 법정에서 받아 놓았을 그 사내의 판결문을 이 집 우체통에 전해 주는 일은 그날 이후 남겨진 모든 사람들의 몫이라고 생각하며 음복주를 마셨다. 경자년 경칩 무렵, 복수초가 까치구멍집 화단에 피어 있는 날이었다.

_안상학 〈기와까치구멍집〉 부분

라고 낮은 목소리로 읊조리고 있다. 외롭고 쓸쓸하게 잊혀진 죽음. 이제 다시는 절대 잊혀지지 말아야 할 이름이었다.

잃어버린 마을, 곤을동

제주 역사투어의 방향은 시계방향으로, 사라봉, 별도봉

제주 역사투어의 방향은 시계방향으로 돌도록 하자. 관덕정 광장에서 촉발되었던 제주 4.3항쟁이 어떤 흐름을 타고 전개되었는지 시간적 순서를 따라 공간이동을 해도 좋겠지만 그러기에 여행 일정은 마냥 여유롭지 않을 것이기에….

제주시의 중심이었던 관덕정에 서면 동쪽으로 멀리 오름 하나가 보인다. 영주십경의 하나였던 사봉낙조의 그 사라봉이다.

사라봉에서의 노을은 바다로 떨어지는 해에게서 시작된다. 제주도 북쪽 해안선을 왼쪽에 두고 오른쪽으로 바다의 수평선이 서쪽 정면에 닿으면 이제 막 그 수평선으로 몸을 눕히려는 태양을 만난다.

마지막에 다다른 것들은 아름답다. 자신이 갖고 있는 모든 것들을 한꺼번에 다 표출해 내기 때문일까. 지상의 모든 색깔이 태양으로 빨려 들어간다. 붉은 듯, 노란 듯, 파란 듯, 경계를 구분 짓지 못하는 색깔이 서로 뒤엉키고 얼크러지며 바다를 물들인다. 때론 격정적으로,

때론 체념한 듯 조용하게, 때론 할일을 생략한 듯 무표정하게 하루를 마무리하는 노을이다.

사라봉은 제주의 오름 중 가장 많은 사랑을 받는 곳 중 하나다. 7, 80년대에는 수학여행단의 필수코스가 되기도 했고 지금도 제주시민들이 가장 많이 찾는 운동 코스 중 하나인 오름이다. 정상으로 오르는 계단 옆으로는 일제가 파 놓은 진지동굴 8기가 남아 있지만 우리는 사라봉을 건너뛸 것이다. 사라봉 동쪽으로 형제처럼 나란히 서 있는 오름, 바로 별도봉이다.

숙달된 화가의 붓자국 같은 별도봉 산책길

동문로터리 산지천 마당에서 시작된 제주올레 18코스가 사라봉을 거쳐 별도봉으로 이어진다. 우리는 사라봉 동쪽 끝자락이 별도봉으로 이어지는 곳에서부터 시작할 것이다. 개인 차량을 이용 중이라면 우당도서관을 검색해서 들어오면 된다. 우당도서관 근처 무료주차장에 차를 세우고 야외배드민턴장을 지나 별도봉 쪽으로 난 올레코스를 따라가면 된다.

우리의 목적지 곤을동은 화북동 쪽에서 들어가면 더 편하게 갈 수 있지만 굳이 사라봉과 별도봉 사잇길로 들어서는 이유는 곧 이야기하도록 하고.

바닷바람을 한평생 맞고 살아도 휘영청 늘어지며 자라는 소나무 가지 사이로 제주의 푸른 바다가 들어온다. 적당한 경사에 적당한 그늘과 바람, 바다와 도시 사이 청정 시역을 지키고 있는 별도봉 산책길을 걷다 보면 문득 기지개 늘어지게 켜는 듯, 휘어진 산책길 곡선을 만나게 된다.

아련한 듯, 슬픈 듯, 오름의 능선을 따라가는 별도봉 산책길.

길의 아름다움은 곡선에 있다. 관찰자의 시야에서 벗어나기 싫다는 듯, 시작도 끝도 없이 끊어질 듯 이어지는 곡선은 우리의 감성을 자극한다. 아련한 듯, 슬픈 듯, 오름의 능선을 따라가는 별도봉 산책길.

별도봉 중턱, 기껏 올라온 산책길이 다시 아래쪽으로 바다 가까이 휘어져 간다. 숙달된 화가의 붓자국 같다. 단숨에 그려진 산책길은 이편에서 저편 산중턱까지 거칠 것이 없다. 그 길의 휘어짐에는 화가의 사심이 살짝 낀 것 같기도 하고….

관찰자와 관찰 대상의 거리에 따라 느껴지는 감정의 차이는 크다. 별도봉 산책길은 관찰자와 관찰 대상의 거리를 자유자재로 조정하면서 감동의 깊이를 조절하는 능력이 탁월하다. 그 노련함이 얄미울 정도지만, 이런 얄미움에는 무조건 승복해야 한다.

우리는 길이 의도한 대로 때론 숨을 헐떡이며 앞선 이의 운동화 뒤꿈치에만 시선을 두기도 하고, 때론 허리를 펴고 길가에 핀 제비꽃이며 청미래 덩굴에 시선을 두기도 하고, 때로는 내가 걸어갈 길의 형태를 멀리서 조망하며 여유를 부려 보기도 한다.

길은 적재적소 우리의 시선에 맞춰 경사도를 높이고, 제비꽃과 청미래 덩굴을 준비하고, 시선에 걸리는 모든 것들을 치워 놓기도 한다. 그게 다 산책길의 계획된 의도인 것이고, 우린 그 계획에 따르기만 하면 되는 것이다.

저쪽 언덕을 넘어가기까지 내가 걸어야 할 길을 내려다본다. 멀지만 내 발 아래까지 이어져 있는 풍경이 비현실적인 것처럼 느껴진다. 별도봉 근육의 굴곡을 선명히 드러내며 나 있는 산책길이 어느 낭만주의 소설 한 토막 같다. 같은 부분을 반복하며 읽고 또 읽었지만 다시 또 읽으면 그때 그 감정이 고스란히 느껴질 것처럼 아스라하고 아름답다.

현실 너머 어느 지점, 햇살 맑은 길 위로 사람들이 걸어가고 걸어온다. 내 발 아래 놓인 예쁜 길 하나가 나를 그 소설 속으로 이끌기 위해 기다리고 있다. 우리가 사라봉과 별도봉 사잇길로 들어선 까닭 하나가 바로 여기 이 장면 때문이다. 우리는 기쁘고 설레는 마음으로 소설 속 같은 산책길로 들어선다.

소설 속 세계를 빠져나오면 길은 다시 답답해진다. 거칠 것 없이 시원스럽던 시야가 바위와 나무들로 차단되어 있다. 뭔가 깜짝 선물을 준비한 것일까.

별도봉 산책길의 클라이맥스에서 만나는 곤을동

산책길 모퉁이를 북동쪽으로 돌아서면 드디어 별도봉 동쪽 마을, 화북마을이 보이기 시작한다. 바다빛과 단풍 색깔을 닮은 키 낮은 지붕들이 낮게 엎드린 사이사이, 불쑥불쑥 키를 높인 건물들이 들어서 있다.

전형을 바꿔 가는 경제논리가 서서히 확장되고 있는 제주도 해안마을 화북으로 보냈던 시야가 점점 내 발 앞으로 당겨진다. 뭔가 수상한 힘이 시야를 끌어당기는 분위기. 아니나 다를까. 돌담과 돌담, 오름 중턱에서부터 시작해서 바닷물이 찰랑이는 해변까지, 별도봉 산자락이 깊숙이 바다에 닿는 곳까지 돌담과 돌담이 소꿉장난하듯 쌓여 있다.

이건 뭘까. 소꿉장난이라고 하기엔 스케일이 너무 크고, 삶의 터전이라고 하기엔 너무 아기자기하다. 그러나 여긴, 잃어버린 마을 곤을

소꿉장난이라고 하기엔 스케일이 너무 크고, 삶의 터전이라고 하기엔 너무 아기자기한, 곤을동의 전경.

동이다. 살다 보면 만나게 되는 인생의 클라이맥스처럼, 별도봉 산책길에서의 클라이맥스는 잃어버린 마을 곤을동을 만나는 것이다. 이런 클라이맥스는 사라봉에서부터 들어왔을 때 더 극적이다.

예부터 물이 있는 곳에 사람이 모여 살았지

늘 물이 고여 있는 땅이라서 곤을동

안드렁물 용천수는 말없이 흐르는데

사람들은 모두 별도천 따라 흘러가 버렸네

별도봉 아래 산과 바다가 만나 모여 살던 사람들

원담에 붉은 핏물 그득한 그날 이후

이제 슬픈 옛날이 되었네

말 방아집 있던 자리에는 말 발자국 보일 것도 같은데

억새밭 흔드는 바람 소리만 세월 속을 흘러 들려오네

귀 기울이면 들릴 것만 같은 소리

원담 너머 테우에서 멜 후리는 소리

어허어야 뒤야로다

_현택훈 〈곤을동〉 부분(제1회 제주4.3평화문학상 시 부문 당선작)

제주올레 열풍이 불기 시작하고도 한참 지난 어느 해 1월 1일이었을 것이다. 새해 첫날을 의미 있게 보내야 한다는 평범한 엄마의 그저 그런 생각으로 아들을 데리고 나왔다. 새해의 의미보다 집에서 게임을 하며 빈둥거리는 것이 훨씬 좋았지만 엄마의 강압에 마지못해 따라나선 아들의 입이 주먹만큼 나와 있었다.

우리는 우당도서관 앞에 차를 세우고 별도봉 산책길로 이어지는 올레코스를 걷기 시작했다. 어쩔 수 없이 따라나선 아들이었지만 온전히 엄마가 자기 차지라는 사실이 좋았는지 아들의 말투가 명랑해졌다. 그런 아들의 표정을 보며 덩달아 기분이 좋아진 나도 발걸음이 가벼웠다. 그래서 그랬는지, 그날 걸었던 길은 시간이 많이 흐르고 난 뒤에까지 오래도록 기억에 남아 있었는데, 그 길에서 우리는 곤을동을 처음 만났다.

곤을동은 곤흘동이라고도 한다. 두 개의 명칭을 혼용하여 사용하는데, 여기서는 유적지에 표시된 대로 곤을동이라는 명칭을 사용하기로 하자. 어느 게 맞는지는 구분할 능력이 안 되지만, 언젠가 제주돌문화 전문가인 김유정 씨가 내린 해석에 고개를 끄덕인 적이 있다.

그는 곤을동을 곤흘동이라 하는 게 맞지 않느냐면서 그 근거를 설명한다. 곤밥(고운 밥), 곤쌀(고운 쌀)처럼 '곱다'의 의미를 가진 '곤'과 '머흘(자갈, 바위의 제주어)'에서 따온 '흘'이 합쳐져 '곤흘'이라 하지 않았겠냐는 것이다. 근거로 곤을동 동쪽을 흘러내리는 화북천 돌들을 들고 있는데, 말대로 화북천 돌들은 매끈매끈하고 곱다.

어원을 따지거나 유래를 찾아내는 일은 전문가들 몫으로 남겨 두지만, 김유정 선생의 해석을 유독 기억하는 이유는 화북천 돌들의 아름다움을 일찌감치 알아보고 그 이름을 불러 주었던 사람들의 심미안 때문이다.

'저기 저 화북 내창에 가면 돌들이 참 고와.'

'그려, 거기 고운 머흘이 많지.'

'그럼 우리 거기 곤흘 좀 보러 갈까?'

이런 이야기들을 나누면서 사람들은 '곤흘'이라는 지명을 만들어 낸 것은 아니었을까. 아름다운 곳에서 사는 사람들은 아름다움을 알아보는 눈도 더 발달해 있는지도 모르겠다.

집으로 들어가는 올레 흔적.

돌담들만 남기고 사라진 마을

화려한 유적지만 남기고 하루아침에 사라져 버린 잉카문명이나 마야문명을 발견한 사람들의 당혹감이 이런 것이었을까. 모양만 본다면 와글와글 사람들 목소리가 들릴 것만 같은데, 사람들은 흔적도 없고 돌담만 남아 있는 모습이라니… 무심코 올레길을 따라오면서 하늘과 바다, 별도봉의 오르막과 내리막에 자리잡은 나무와 풀만을 보면서 걷다가 문득 만난 돌담들은 정말 뜬금없었다.

사라진 사람들 대신, 사람들처럼 군데군데 몰려서서 무슨 일이 난 것처럼 옹송거리는 모습으로 서 있는 돌담들이었다. 손바닥만큼, 주먹만큼, 저렇게 작은 공간 구획이 왜 필요했을까 싶을 정도로 돌담은 별도봉 비탈을 잘게 잘게 나누면서 바다까지 이어지고 있었다. 자세히 보면 마당으로 이어지는 작은 올레였음직한 길도 보이고, 지붕과 내부가 다 사라져 버린 돌집 형태도 보였다.

그러나 그렇게 사라져야만 했던 속사정은 하나도 알지 못한 채 그 마을길을 다 내려와서야 우리는 겨우 그곳의 이름을 알 수 있었다. 바다와 만나는 화북천을 건넌 자리에 '잃어버린 마을 곤을동' 팻말 하나가 서 있었던 것이다.

1949년 1월, 이틀에 걸쳐 초토화되어 버린 마을, 곤을동

곤을동 마을이 불에 탄 것은 1949년 1월 5일과 6일이었다. 마을이 전부 불태워지는 것으로 끝난 것이 아니라, 이 이틀간 곤을동 주민 20여 명이 군인들에 의해 학살되었다. 살아남은 사람들은 주변 마을로 흩어졌다. 700여 년을 이어 가던 삶이 하루아침에 무너져 버린 것이다.

안곤을 주민들이 사용했던 안드렁 물.
먹는 물, 허드렛물, 빨래물, 삼단으로 나눠 사용했다.

이미 1948년 10월부터 군경 토벌대의 초토화작전이 진행되고 있던 시기였다. 그러나 상대적으로 피해가 적었던 해안마을이 이토록 철저하게 파괴되었던 것은 무엇이었을까. 토벌대의 목적이었던 무장대와의 교전이라도 있었던 걸까. 아니면 무장대 주요 인사 중 한 명이 마을과 어떤 연관이라도 있었던 걸까. 증언과 자료들을 아무리 종합해 봐도 이들이 이렇게 철저한 파괴 작전에 노출되었던 이유를 찾을 수가 없다.

군이 그들이 잡았던 꼬투리 하나 잡아 본다면, 1949년 1월 5일. 대부분 서북청년단 출신으로 구성된 국군 제2연대본부 정보처 소속 수색대 1개 소대가 작전을 마치고 귀가하던 중에 무장대로부터 기습공격을 당했다. 화북리 남측 일주도로, 지금은 화북남문 버스정류장이 있는 속칭 '횃선거리'에서였다. 이 기습공격으로 수색대는 1명을 제외하고 전원 사망할 정도로 피해가 막심했다. 무장대들이 도로 위에 석축을 쌓아 놓고 수색대를 기다리고 있었던 것이다.

사건을 조사하던 군에서는 습격을 감행했던 무장대들이 곤을동 쪽으로 도주했다는 생존자의 증언에 따라 곤을동을 주목했다. 그러나 그들의 주목은 사건의 철저한 조사가 아니었다. 폭도로 규정된 무장대로부터 주민을 보호하는 것도 아니었다. 그들은 별도봉 언덕에서부터 바닷가까지 옹기종기 이마를 맞댄 초가지붕에 무조건 불을 붙이고 사람들을 총구 앞에 세워 놓았다. 무장대에 대한 보복을 영문도 모르는 마을 사람들에게 가한 것이었다.

건조한 1월, 바짝 마른 초가지붕은 약간의 불씨만으로도 너울너울 파도처럼 불이 일었다. 불은 지붕을 태우고 그 안에 있던 사람들의 온기를 태우면서 삶의 터전을 무너뜨렸다. 그 무너지는 불씨가 다 사그라지기도 전에 군인들은 마을 사람들을 바닷가 앞에 세웠다. 그리고 한 방 한 방 사람들을 겨냥한 총구에서 또 다른 불이 뿜어져 나왔다. 사철 물이 마르지 않던 마을, 바닷물이 발목까지 다가와 흥건했던 마을이지만 공포와 막무가내식 운명 앞에서는 그 어떤 물도 소용이 없었다. 지붕을 집어삼키던 불도 총구에서 내뿜던 불도 끄지 못했다.

총구 앞을 비껴난 사람들은 마을을 떠났다. 골목마다 아이들 웃음소리가 들리고, 마을 연자방아 돌아가는 소리가 파도 소리와 함께 들리던 마을, 철마다 멸치 후리는 소리가 들리고, 푸른 바다를 앞에 두고 별도봉 산자락에 씨를 뿌리던 사람들이 후다닥 마을을 떠났다.

돌아온다는 약속을 왜 하지 않았겠는가

돌아온다는 약속을 왜 하지 않았겠는가. 남루한 살림을 이고 지고 나서는 골목, 몇 번이고 뒤를 돌아보며 얼른 돌아와야지. 와서 저 무너진 돌담을 세우고, 타다 남은 집에서 무엇이든 찾아내어 무너진 집을 다시 일으켜 세워야지. 울음을 꾹꾹 참는 것인지, 다짐을 다지는 것인지 묵직해진 가슴을 다독이며 골목을 빠져나갔을 것이다. 자신들이 잠시 자리를 비우는 동안 돌담으로 남겨 놓은 우리들의 집, 우리들의 마당, 우리들의 올레가 우리가 돌아올 때를 기다리며 거기 서 있어 줄 거라 믿었다.

그러나 돌담은 남아 돌아올 사람들을 기다리고 있었지만 사람들은 돌아오지 못했다. 떠날 때 떠나야 할 이유를 몰랐던 것처럼, 돌아오지 못한 이유가 딱히 있는 건 아니었다. 그냥 세월이 가로막은 것뿐이었다.

그 무심한 시간이 흐르는 동안 떠났던 사람들은 화북천 건너 화북마을로 들어와 곤을동을 바라보면서 살기도 하고, 더러는 곤을동에

불에 타다 남은 흙벽.
그날 밤 거센 불길을 이기진 못한 흙벽이 소성된 채 남아 있다.

남아 있던 제 뿌리를 캐내어 어디론가 멀리 떠나기도 했다. 그러는 사이 돌담으로 남아 있던 밧곤을, 샛곤을은 스스로, 혹은 타의에 의해 서 있던 돌담을 무너뜨려 다른 모습으로 변해 갔다. 그러나 별도봉과 바다 사이, 그 옆으로 화북천과 별도봉 사이 안곤을은 여전히 돌아올 사람들을 기다리며 그때 그 모습으로 서 있는 것이다.

이렇게 4.3의 소용돌이 속에서 사라진 마을은 지금까지 134개 마을, 7천 7백여 세대, 4만여 명으로 알려지고 있다. 솔대왓, 다랑쉬마을, 종서물, 빌레가름, 영남동, 무등이왓, 어우늘… 이름도 아련하고 예쁜 마을들이 풀숲에 덮이면서 마을로 들어가는 길을 지워 버렸던 것이다. 그리고 그렇게 잃어버린 마을들은 사람들의 발길이 끊기면서 잡목 우거진 야산처럼 변해 갔다.

폐허에도 원형이 있다

지금의 곤을동은 많은 사람들에게 알려져 대표적인 4.3의 잃어버린 마을이 되었다. 별도봉이라는 위치가 도심지와 가깝고, 그 별도봉 자락에 바다와 맞닿은 곳에 자리잡은 마을터이기에 바다와 산을 한꺼번에 향유할 수 있는 곳이기도 하다. 그리고 전혀 의도치 않게 아들과 내가 곤을동을 만났듯이 제주 역사에 대해 아무런 사전지식을 갖지 못한 사람들도 올레코스를 따라 걷다 보면 만날 수 있는 곳이다.

역사의 장소를 알리고 사람들이 찾아와 그 의미를 되찾고, 그 장소를 발판으로 새로운 미래를 그려 가는데 도움이 된다는 것은 충분히 가치가 있는 것이지만, 그 가치가 방문객 수치로 판단되어서는 안 될 것이다. 그럼에도 방문객들을 위해 해안가 도로를 만들고, 그 옛날 사람들이 걸었던 마을 안길과 집으로 들어가는 올레길을 버리고 그 위

돌무더기 사이 남아 있는 변소 디딤돌.

에 새로운 길을 다시 만든다는 것은 대단히 위험한 일이다. '폐허에도 원형이 있다.'는 명제는 역사의 현장을 발굴하고 공개하고 보존하는 데 있어 특히 가슴에 담아야 할 말이다.

지금도 풀숲에 묻힌 올레길을 따라 걸어 들어가면 타다 남은 담벼락에 붙은 흙벽이 그대로 붙어 있는 걸 볼 수 있다. 그날 밤 집을 송두리째 태워 버린 불길이 얼마나 거세었는지 흙벽은 딱딱할 대로 딱딱해져 돌과 한몸처럼 붙어 있다. 고온을 견디다 못한 흙이 제 본성을 버리고 소성되어 그릇이 되는 것처럼 말이다.

이 작은 삶의 터전을 이리도 무참히 없애려 했던 그 폭력

담벼락만 남은 집터 한가운데 서서 안방이었을, 마루였을, 부엌이었을 곳을 가늠해 본다. 아무리 넓게 봐도 집 전체의 면적이 30평대 아파트 거실 크기만큼이나 할까. 거기를 다시 나누어 안방과 부엌과 마루를 구분했을, 이 작은 삶의 터전을 이리도 무참히 없애려고 했던 그 폭력에 새삼 어깨가 서늘해졌었다.

"엄마, 여기 화장실!"

저쪽에서 혼자 구경하던 아들이 소리를 질렀다. 소리 나는 쪽으로 가 보니 돌무더기 사이 쭈그려 앉아 있는 아들이 보였다. 돌무더기라며 예사로 보아 넘겼던 곳에서 어떻게 봤는지 아들은 디딤돌 두 개를 찾아냈던 것이다. 돼지를 키우던 제주도식 화장실. 사람이 앉아 있는 두 개의 디딤돌 아래로 돼지가 찾아오던 바로 그 변소다.

"엄마, 옛날 사람들이 이렇게 앉아서 똥 싸고 그랬지?"

디딤돌 위에 용변을 보는 것처럼 앉아서 아들이 말했다. 어디서 봤는지 옛날 변소의 모습을 알고 디딤돌 두 개를 찾아낸 아들도 신기했

지만, 아직까지도 그 모습이 고스란히 남아 있는 것도 신기했다.

얼마나 많은 영원이 모여 그 폐허를 지켜 왔는지…

70여 년 전에도 그 디딤돌을 밟고 올라선 내 아들 또래가 있었겠지. 엉덩이 아래로 다가오는 돼지가 무서웠을지도 모를 일이고, 그 돼지쯤 친근하게 내려다봤을지도 모를 일이다. 골목에서 부르는 친구들 목소리에 바지춤을 채 올리기도 전에 뛰쳐나가 바닷물에 뛰어들었을지도 모른다. 자맥질 한 번 할 때마다 손에는 소라 몇 개, 성게 몇 개 잡혀 있을지도 모르고, 그렇게 놀다 보면 서쪽 바다로 붉은 태양이 머리를 들이밀었을 것이고, 태양에서 뻗친 황금빛이 물속에 든 아이들 머리까지 서서히 물들여 놓을 것이다. 그럴 때면, 어느 집에서 아이들을 부르는 어머니의 목소리가 들릴지도 모르겠다.

"아들, 와서 밥 먹어어어."

목소리가 길게 산자락을 돌아가면 매캐하고 고소한 밥 짓는 냄새 사이로 깜박깜박 불이 켜지고, 그 불빛 옆으로 어둠이 내려오면 파도 소리는 꿈결처럼 아늑해질 것이다. 드디어 고요해지는 마을.

곤을동에 가면 작게 작게 나 있는 돌담 사이, 올레를 찾아보고, 마당을 찾아보고, 집안으로 들어가 마루와 부엌, 방을 찾아보고, 그리고 변소였을 그 디딤돌 두 개를 찾아보고, 담벼락에 남은 흙벽을 찾아봐야 한다. 그리고 그 오랜 자연의 압력에도 쓰러지지 않게 돌담을 버티게 했던 담쟁이넝쿨도 찾아봐야 한다. 돌담의 근육인 양, 아니 돌담의 핏줄인 양 돌담과 한몸이 되어 자라는 담쟁이넝쿨도 곤을동을 지키는 주인이다. 숨은그림처럼 숨어 있는 그것들을 찾으며 얼마나 많은 염원이 모여 지금까지 그 폐허를 지켜 왔는지 느껴 볼 일이다.

제2부

우리는 표선해수욕장 품에 기대 사는 작은 것들.
설문대 할망이 바다를 메워 만들었다는 표선해수욕장 한편에서도
그날 작은 생명들이 흘린 피는 모래밭을 적셨다.

「순이 삼촌」과 애기 무덤의 땅,
북촌 너븐숭이 4.3 기념관

봉화를 들어올렸던 어느 사내의 단단한 팔뚝처럼

곤을동을 내려오면 화북이다. 화북에서 동쪽으로 일주도로를 타고
가다 보면 인민유격대 사령관이 된 이덕구 선생이 학교에서 아이들을
가르쳤던 조천중학교가 있고, 해수욕장으로 유명한 함덕이 나온다.

곳곳에 하고 싶은 말들도 많고, 이야깃거리도 많지만 우리는 그곳
을 그냥 지나칠 것이다. 굳이 함덕이 아니어도 해수욕장은 많고, 함덕
해수욕장이 내려다보이는 서우봉이 아니어도 일제가 파 놓은 진지동
굴을 볼 기회는 또 있다. 그리고 이덕구 선생에 대해서는 다시 이야기
할 것이므로….

북촌마을 초입 일주도로변에 너븐숭이 4.3 기념관이 있다. 4.3평화
공원에 있는 기념관 외에 제주 유일의 4.3 기념관이다. 기념관은 야트
막한 1층짜리 사각형 콘크리트 건물이다. 그러나 건물 가운데 봉수대
를 연상시키는 둥근 기둥을 세우고 건물은 평범함에서 벗어났다. 그

너븐숭이 4.3 기념관. 봉수대를 연상시키는 가운데 기둥이 있어 평범함에서 벗어난 건물.

날 밤 제주 중산간 지대 오름마다 불을 밝혔던 봉수대처럼, 그 봉화를 들어올렸던 어느 사내의 단단한 팔뚝처럼, 꼭지를 생략한 원뿔 모양으로 선 건물구조가 그 단단함을 더해 준다.

건물 앞에 있는 작은 주차장에 차를 세우고 기념관 안으로 들어가 보자. 기념관은 작다. 여느 기념관, 여느 박물관 등에서 느껴지는 평범한 분위기다. 그러나 이 기념관의 차별성은 곧 드러난다.

현재형으로 선명히 드러난 역사의 한 장면, 강요배의 '젖먹이'

전시실 문을 열고 들어서면 입장한 사람의 앞길에 턱, 걸려 있는 그림 한 장이 사람들의 발길을 막는다. 아무리 그림에 문외한일지라도 이 그림을 보고 그냥 지나칠 수는 없다. 쓰러져 누운 엄마의 가슴을 헤집어 젖을 빨고 있는 아이 그림. 강요배 화가가 북촌마을 사람들의 증언을 참고해서 그린 '젖먹이'다.

그날, 북촌국민학교 운동장에서 군인들의 총탄에 맞아 엄마는 쓰러졌지만 그걸 알 리 없는 아이는 배고픔을 참지 못하고 쓰러진 엄마의 가슴을 헤쳐 젖을 빨았다. 이승과 저승 사이에서 주고받은 엄마와 아이의 생명의 끈. 이미 한쪽으로 기울어 버린 생명의 끈을 사려 안고 아이는 이승에 남았다. 그리고 오랜 시간이 지난 후 강요배 화가의 손끝을 빌려 그날의 증언을 이렇게 아프게 하고 있는 것이다.

4.3 당시 남들과 비슷한 이름을 갖고 있다는 이유로 불려가 죽은 사람들이 많았다. 남녀노소도 구분없이 죽이는데, 동명이인인들 구분할까. 그래서 화가의 아버지는 내 자식은 그렇게 죽지 말라고 남들이 사용하지 않을 것이라 생각되는 글자를 골라 자식들에게 붙여 주었다고 한다. 그렇게 부여받은 이름으로 강요배는 자라서 제주 4.3을 그리

는 대표적인 화가가 되었다.

테마 여행의 단점이 있다. 주제를 정하고 여행을 하다 보면 여기가 거기 같고, 거기가 여기 같다. 가는 곳마다 비슷비슷한 이야기들이 있고, 어딘지 반복되고 있다는 느낌도 지울 수가 없다. 더구나 밝고 좋은 이미지도 아닌 다크투어를 하고 있는 우리의 여행은 더 그렇다. 질리지도 않고 이어지는 죽음의 역사들을 따라가다 보면 오히려 따라가던 사람들이 지쳐 버리는 경우가 많다. 그럴 때쯤 단 한 편의 그림은 그간의 어둡고도 힘든 호흡을 정화시켜 주는 동시에 한마디 말없이도 더 많은 내용을 전해 준다.

북촌 너븐숭이 4.3 기념관에 걸린 강요배의 그림이 그렇다. 과도한 텍스트, 흔적만 남은 사실, 낡은 사진이 대부분인 여정에 현재형으로 선명하게 드러난 역사의 한 장면은 지금까지의 답답증을 해소시켜 주기에 충분하다. 지금껏 우리가 무엇을 쫓아 여기까지 왔는지 우리가 알고자 했던 것이 무엇이었는지를 선명하게 드러내 준다.

그러나 이 그림에 너무 감정을 소모하지는 말자. 이 너븐숭이 4.3 기념관에는 이 그림 말고도 너무나 극적인 사실들이 많다. 그걸 찬찬히 다 들여다보기 위해서는 감정을 최대한 아껴야 한다.

강요배의 그림을 지나면 그날 이 북촌마을에서 영문도 모르게 죽어간 사람들의 명단이 길게 길게 걸려 있다. 검정 바탕에 흰 글씨로 이름과 나이와 죽은 이유를 써 내려간 비문을 훑어 내려가다 보면 이름도 없이 '1949년 1월 17일 북촌교 인근 밭에서 토벌대에게 총살당함'이라는 두 살짜리, 세 살짜리의 죽음이 보인다. 엄마 등에 업혀 왔던 아이, 엄마 치맛자락을 잡고 있던 아이들이 영문도 모른 채 쓰러졌다. 어른인들 죽음의 이유를 알았을까.

어리고 약한 것들은 쉽게 잊혀져
아직도 빌레에 남아 있는 애기 무덤들

기념관을 둘러보고 나오면 잠시 머리를 식힐 필요가 있다. 기념관 내부를 둘러보는 동안 평소보다 더 많은 용량의 정보량과 감정의 양이 머리를 어지럽게 했기 때문이다. 멀리 제주의 북쪽 바다가 눈에 들어오고, 그 바다를 건너온 바람이 머릿속을 다독일 때, 우리는 기념관 오른쪽으로 소나무 몇 그루 서 있는 곳으로 발길을 옮길 것이다.

바람 맞기 좋은 곳이라고 안내하는 것은 아니다. 솔바람 불어오는 거기, 너븐숭이라는 이름에 걸맞게 흐르던 용암이 그 흐르던 모양 그대로 굳어 널따란 바위가 된 거기, 그 바위와 바위 사이, 발 붙인 곳에 뿌리를 내린 소나무가 어떻게든 자라는 거기, 작은 돌담으로 둘러친 애기 무덤들이 있다. 누군가의 장난처럼 아기자기하게 쌓아 놓은 돌무덤들.

여기는 원래 북촌마을에서 어린아이들이 죽으면 묻곤 하던 일종의 아이들 공동묘지 같은 곳이었다고 한다. 1949년 1월 17일 그때, 그 많은 죽음 중에서 아이들의 죽음이 여기에 묻혔다. 어른들의 죽음을 먼저 수습하고 나중을 기약하며 임시로 묻혔던 아이들의 죽음, 그 광란의 죽음의 현장에서 기적처럼 목숨을 건졌던 김석보 씨. 그러나 그의 두 동생은 죽음을 피해 가지 못하고 여기에 묻혀 있다고 했다.

그 광란의 시간이 끝나고 살아남은 사람들은 이웃 마을인 함덕으로 강제 이주당했다. 죽음을 수습할 시간도 없었다. 되는 대로 가매장을 하고 훗날을 기약했다. 그러나 어리고 약한 것들은 쉽게 잊혀졌다. 아니 잊혀지기를 강요당했다. 오랜 시간 동안 덤불은 견고하게 그 기억

북촌 너븐숭이 애기 무덤.
위로 같은 사탕 하나, 위로 같은 장난감 하나, 위로 같은 꽃 한 송이가 애기 무덤에는 많다.

을 묻어 두고 있었다.

　지금 너븐숭이 소나무밭 애기 무덤은 20여 기가 남아 있다. 그중 8 기 정도가 당시에 희생되었던 아이들의 무덤이라고 한다. 빌레와 빌레 사이, 아기 몸집만한 넓이의 작은 봉분을 작은 돌들이 받치고 있다. 애초 흙에도 묻히지 못하고 돌들이 시신을 감쌌을지도 모를 일이다. 시간이 흐르는 동안 아이들의 죽음을 슬퍼한 바람이 흙을 날라오고, 아이들의 죽음을 슬퍼한 씨앗이 날아와 잔디를 키웠을지도 모른다. 그렇게 아이들의 설움을 다독이며 지금의 봉분이 되었을지도 모를 일이다.

　그 잔디밭에 누가 갖다 놓았는지 아기 양말과 신발이 놓여 있다. 그 혹독한 추위에 양말은커녕 신발 하나 제대로 신지 못하고 맨발로 죽어 간 아이들은 이름도 알지 못하는 누군가가 찾아와 놓고 간 양말과 신발을 받아들고 어떤 표정을 짓고 있을까.

　사람들의 감정은 대체로 비슷한 법이어서 여기 이 애기 무덤에 와서 발길을 쉽게 돌리지 못하는 사람들이 많다. 살아남은 사람으로서, 살아남은 사람의 후예로서 무엇이든 이 어린 생명의 죽음 앞에 위로의 손길을 건네고 싶어지는 것이다. 그 위로 같은 사탕 하나, 위로 같은 장난감 하나, 위로 같은 꽃 한 송이가 애기 무덤에는 많다. 사람들은 그 앞에서 오래도록 살아남은 어른으로서의 용서를 빌고 또 비는 것이다.

잊혀진 죽음에게 금잔옥대를 바쳐 올리는 수선화

　겨울과 봄 사이 애기 무덤 앞에는 수선화가 핀다. 너븐숭이 애기 무덤 앞에서 피는 수선화는 나르시시즘을 떠올리기보단 금잔옥대를 떠

애기 무덤 앞에 핀 수선화.
아이들이 죽은 1월 17일 전후, 수선화는 위로하듯, 잊지 않았다는 듯 꽃을 피운다.

올리게 한다. 잊혀진 죽음에게 금잔에 술 한잔 따르고 옥대를 받쳐 올리고 싶어지는 것이다. 아니, 술보단 아이들이 좋아할 달콤한 음료수 한잔 올리는 것이 더 좋겠다. 이 잔 받고 그동안의 설움을 풀어 달라 하면, 이 한잔 받고 그동안의 아픔을 잊고 편안히 가시라 하면 너무 큰 요구를 하는 것일까.

애기 무덤 앞 수선화는 너븐숭이 4.3 기념관 설립 초기에 기념관 일을 맡아 했던 김경훈 시인이 당시 애월 유수암에 살고 있던 강요배 화가의 집 마당에 피던 수선화를 가져와 심은 것이라 한다. 흙 한 줌이 아쉬운 돌 빌레 위에 수선화가 뿌리를 내릴 수 있도록 매일같이 물을 주고 흙을 북돋우며 키웠다. 그렇게 정성을 들이면서 수선화를 키워낸 김경훈 시인의 마음을 알 것도 같다. 수선화 한 뿌리 터를 잡고 앉아 꽃을 피우면 애기 무덤 앞에 금잔옥대 하나 올리는 것과 같은, 그런 후대들의 마음, 그것이었지 않았을까.

그런 마음이 통했는지 다행스럽게도 지금 애기 무덤가에는 여기저기 수선화가 뿌리를 내려 있다. 아이들이 죽은 1월 17일 전후, 가장 바람살이 거칠고 추울 때 수선화는 위로하듯, 잊지 않았다는 듯 꽃을 피운다. 노랗고 하얀 금잔옥대 위에 때론 서리를 더하기도 하고, 때론 그 서리에서 굴러온 이슬방울이 금잔을 채우기도 하면서 애기 무덤 앞을 지키고 있다.

너븐숭이 4.3 기념관 건물 안에서 강요배의 그림이 우리들의 감정을 사로잡았다고 한다면 애기 무덤가에는 양영길 시인의 시가 방문객들의 감정을 사로잡는다.

아직 눈도 떠 보지 못한 아기들일까
제대로 묻어 주지도 못한
어머니의 한도 함께 묻힌 애기 돌무덤
사람이 죽으면
흙속에 묻히는 줄로만 알았던 우리 눈에는
너무 낯선 돌무덤 앞에
목이 메인다
목이 메인다

누가 이 주검을 위해
한 줌 흙조차 허락하지 않았을까
누가 이 아기 무덤에
흙 한 줌 뿌릴 시간마저 뺏아갔을까
돌무더기 속에 곱게 삭아 내렸을
그 어린 영혼
구천을 떠도는 어린 영혼 앞에
두 손을 모은다
용서를 빈다
제발 이 살아가는 우리들을 용서하소서
용서를 빌고
또 빈다

_양영길 〈애기돌무덤 앞에서〉 부분

살아남는 게 최선의 투쟁이었던 당시와 비교한다면 지금 우리는 살

아낙은 자의 부끄러움을 온몸으로 체험하고 있는 중이다. 그들의 죽음을 드러내지도 못한 오욕의 세월이 우리를 부끄럽게 하고 있기 때문이다. 그래서 시인은 애기 무덤가에서 자꾸 용서를 빌고 또 비는 것이다.

현기영의 소설 「순이 삼촌」

그러나 아무것도 하지 않은 것은 아니었다. 입을 틀어막고, 생각을 틀어막고, 눈을 가리면서 세상에 있던 사실을 없던 것처럼 몰고 가던 시대에도 꿈틀대던 분노의 표출, 사실을 사실대로 말하고자 하던 정의의 몸짓은 이어지고 있었으니, 그 출발은 바로 현기영의 소설 「순이 삼촌」이었다.

애기 무덤을 건너 동쪽으로 몇 걸음 더 가면 평지보다 아래로 내려간 공간이 있다. 사방이 현무암 바위로 벽을 이루고, 그 벽 위 남쪽으로는 도로가 지나가고 있는 옴팡밭이다. 북촌마을 사람들이 굴비 엮듯 끌려와 총구 앞에 섰다가 쓰러진 곳이다. 그날 사람들이 흘렸던 피로 붉게 물들었던 흙처럼 지금은 붉은 송이가 깔리고, 그 위에 쓰러진 사람 위에 또 사람이 쓰러지듯, 비석이 어지럽게 놓여 있다. 그리고 그 비석에는 현기영 작가의 소설 「순이 삼촌」에 나오는 구절들이 새겨져 있다.

예술을 향유할 때마다 그걸 표현해 내는 예술가들에게 놀라움을 금치 못할 때가 많다. 어떻게 이런 생각을 다 할 수 있지? 하는 놀라움과 함께, '난 죽었다 깨어나도 이런 생각을 하지 못할 거야.' 하는 절망도 함께한다. 이곳에서도 그런 생각이었다. 소설의 배경이 되었던 옴팡밭, 그 밭에서 죽어 간 사람들을 형상화해 내는데, 이런 장치를 고안

...이야기들은 종이 위에 떠도는 반투명한 신음들이 둘러내뻗었다.
백백 해지고 먼지마저가 아이었다. 단잔경을 다 산 나이 한 여자의 생에 꼼짝하게도 쏘쏘로
무들을 팔만. 평생을 위해민든 벼를 찾아가 아지배도 맨들을 믿고 드래드 듀게쩌베린 사춘
여도 민정의 죽으니 그개른 교묘게로 대를 닭갯한 이야기가 있는 죽음이지만, 평소의 저벼일 신경쇠약이
백번 생초한 중얼거린 크와이의 편안이 훌름 것이다. 그들다

현기영의 「순이 삼촌」 문학비.
쓰러져 누운 돌비 위에 한 땀 한 땀 새겨 내려간 소설의 구절.

해 내다니… 쓰러져 누운 돌비 위에 한 땀 한 땀 새겨 내려간 소설의 구절은 그 감동의 효과를 극대화하기에 충분했다.

더구나 그 구절을 읽기 위해 사람들은 저도 모르는 사이 고개를 숙이고 허리를 굽히며 그 안에선 누구라도 예를 다하게 되는데, 그것마저 의도한 것이라 한다. 그 치밀하고도 위대한 발상에 어찌 고개를 숙이지 않을 수 있겠는가.

다 알고 있듯, 현기영의 소설 「순이 삼촌」은 1978년 발표되었다. 제주 4.3을 정면에서 다루고 있는 첫 소설이다. 아직은 4.3 사건이 일어나던 때와 별반 다를 것 없는 엄혹한 시절. 생각하는 것만으로도 죄가 되어 참혹한 고통을 당하던 시기에 삼십대의 젊은 현기영은 당당히 소설로서 그날의 진실을 말하고자 했다.

어김없이 고통이 따랐다. 학교 선생이었던 그는 학생들이 보는 앞에서 계엄사 직원들에게 끌려갔다. 그리고 무자비한 육체적 고문과 정신적 학대를 받다가 겨우 풀려났지만 이듬해 8월 다시 한 번 경찰서로 끌려가 조사를 받았다. 그 과정에서 그가 쓴 「순이 삼촌」은 판매금지가 되었다.

그러나 그렇게 판매금지가 되었어도 그 소설이 사람들 가슴에 일으킨 파장은 컸다. 이후 4.3 진상을 규명하고자 하는 사람들의 활동이 이어졌고, 여기저기서 4.3을 소재로 한 작품들이 나오기 시작했다.

86학번이었던 우리들도 조심스럽게 「순이 삼촌」을 돌려 읽으며 4.3을 이야기했다. 친구가 건네준 「순이 삼촌」을 가방 안쪽 깊숙이 숨겨 가지고 가다 경찰의 불심검문에 걸리면 이유 불문하고 경찰서로 끌려가기도 했다. 87년 민주화운동 이후 88년 해금이 될 때까지 「순이 삼촌」은 국민이 읽어서는 안 되는 불온서적이었다. 그러나 그 책은 지하

깊숙이 잠자고 있던 화산을 흔들어 깨우듯 젊은 가슴을 흔들어 깨우고 있었다.

옴팡밭은 지금 잘 다듬어져 있다. 때문에 「순이 삼촌」의 문학비가 없다면 그 참혹한 죽음이 있었던 곳이라고 믿을 수 없을 정도다. 그러나 얼마 전까지만 해도 그 밭에선 간혹 허옇게 풍화되다 남은 뼈가 농부들의 호미 끝에 걸려 나오기도 하고, 녹슨 탄피들도 흙더미 속에서 채 삭지도 못하고 모습을 드러내곤 했다고 한다.

세상에서 가장 낮은 모습으로 누워 있는
애기 무덤 옆 노란 민들레

밭이 옴팡하게 들어가 있기 때문에 상대적으로 옴팡밭 안에 있으면 바람을 덜 느끼게 된다. 그래서 그런지 옴팡밭 북동쪽 돌담 아래 작은 잔디밭 위에 노란 민들레 꽃이 피어 있다. 양지바른 곳에서 시간 가는 줄 모르고 놀고 있는 아이 같은 모습이다. 그러고 보니 그 잔디밭도 애기 무덤이다. 애기 무덤에 핀 노란 민들레. 그 모습이 천진스럽기만 하다.

세상에서 가장 낮은 모습으로 누워 있는 애기 무덤 옆에서 노란 머리와 초록색 팔다리를 바람에 맡긴 채 놀고 있는 민들레의 모습, 당신이 만약 2월이나 3월, 아직 찬바람이 가시지 않을 때 이곳을 찾아왔다면 이 작은 민들레도 찾아보기 바란다. 지나간 시간의 아픔을 잊고 꽃으로 피어난 작은 생명체가 꼭 애기 무덤 주인의 환생인 것만 같아질 것이다. 그리고 그 민들레를 가만히 바라보고 있으면 우리는 오히려 그 작은 민들레가 전하는 위로를 가슴에 따뜻하게 품고 있음을 느끼게 될 것이다.

삶과 죽음을 가르던 현장, 북촌초등학교 운동장

여기까지 왔으면 이제 우리는 북촌마을 그 학살의 현장과 정면으로 마주서야 한다. 옴팡밭 동쪽 너머에 북촌초등학교가 있다. 잔디가 곱게 자라는 운동장과 잘 다듬어진 학교 정원이 아름답다. 역사의 시계 바늘을 돌리기 전에 준비운동처럼 잠시만 숨을 고르도록 하자.

운동장 잔디밭에 앉아 신발을 벗어 보자. 신발을 벗는 것만으로도 그곳의 정감을 받아들이는 농도가 다를 것인데, 우리는 꽁꽁 발을 감싸고 있는 양말까지 다 벗을 것이다. 발가락 사이사이 바람이 지나가도록 발가락을 움직여 보자. 푸른 잔디가 내뿜는 청명함이 발바닥의 신경을 자극하며 다리를 타고 가슴을 타고 머릿속으로 스며든다. 묵직했던 가슴과 머리가 말끔히 씻겨져 간다. 이것은 이곳의 실상을 제대로 담아내기 위한 비움의 과정이다. 너븐숭이 4.3 기념관에서 우리가 본 것들이 사건의 핵심에서 파생된 2차적인 것들이라 한다면 여기는 그 사건의 핵심 현장이다. 그 현장을 담아내기 위한 나름대로의 의례인 것이다.

4.3 사건을 겪으면서 북촌리는 전체 마을 인구 중에서 500여 명이 희생당했다. 330여 호, 1,500여 명의 인구를 가진 마을에서 500여 명의 희생은 4.3 사건으로 인한 최대 피해 마을이라는 기록을 남기고 있다. 그 이유가 뭘까. 앞에서 본 곤을동처럼 북촌도 바닷가 마을이라 해안가에서 5킬로미터 이상은 다 불태웠던 소개령에 해당되었던 마을도 아닌데 말이다.

북촌마을은 예로부터 항일운동가가 많았었다. 해방 후에는 인민위원회를 중심으로 자치조직이 활발하게 가동되던 마을이었다. 자연스

북촌초등학교 전경.
1949년 1월 17일. 300여 명의 무고한 마을 사람들이 이곳에 있다가 처형되었다.

레 경찰과의 크고 작은 분쟁이 많았다. 그 대표적인 것이 1947년 8월 경찰관 폭행사건과 1948년 6월 우도지서장 살해와 납치사건이었다. 이런 일련의 사건들이 계속되던 마을이었으니, 경찰의 입장에서 본다면 문제적 마을이었다. 언제 한 번 걸리기만 해 봐라 벼르고 있었을지도 모를 일이었다. 이런 와중에 결국 일이 터지고 말았다.

1949년 1월 17일 무장대의 매복에 2명의 군인 사망

1949년 1월 17일 아침. 2연대 3대대 일부 병력이 월정에 주둔하고 있던 11중대를 시찰하고 대대본부가 있던 함덕으로 가고 있었다. 그런데 북촌국민학교 서쪽에 매복해 있던 무장대의 습격에 의해 2명의 군인이 숨지는 사건이 발생했다. 군인들의 보복이 두려웠던 마을 원로들이 숨진 군인의 시신을 들것에 실어 함덕 대대본부로 손수 운반해 갔다. 우리 잘못이 아니니 제발 마을 사람들에게 해를 가하지 말아 달라는 바램을 실어서였다. 그러나 이런 간절함도 무색하게 함덕에 주둔했던 제3대대 군인들은 찾아온 마을 원로 가운데 경찰 가족 한 명을 제외하고 모두 총살해 버렸다. 그리고 병력을 동원해 북촌마을을 덮쳤다.

군인들은 집집마다 불을 지르고 다니면서 사람들을 찾아냈다. 공포에 질린 사람들은 총칼이 지시하는 대로 북촌국민학교 운동장으로 모였다. 누구 하나 불이 붙는 집에서 물건을 꺼내거나 불을 끌 생각도 못했다. 죽음의 공포 앞에 그 어떤 행동이 의미가 있었겠는가. 사람들이 학교 운동장에 모여 할 수 있는 것은 죽음의 공포감에 몸을 떠는 것밖에 없었다.

사람들을 가둬 놓고 군 지휘관은 민보단 책임자를 나오도록 했다. 그리고 마을 치안을 잘못 섰다는 이유로 사람들이 보는 앞에서 총을 쏘아 죽였다. 동요하는 사람들에게 학교 울타리에 설치되었던 기관총이 발사되었다. 기관총에서 발사된 총알은 주민 7명 가량을 쓰러뜨리고 멈췄다. 죽음의 냄새로 진동하는 공포가 운동장을 덮치며 아수라장으로 변했다.

목숨줄이었던 어머니의 치맛자락

그런 공포에도 아랑곳없이 군인들은 마을 주민들을 두 구역으로 나눴다. 군경 가족과 민보단 가족으로 구분하여 학살할 준비를 하는 것이었다. 사람들의 생사가 막대기 하나로 구분되었다. 죽음에 대한 어떤 이유도 없었다. 더구나 당시는 제주도에 내려졌던 계엄령마저 해제되었던 때였다.

인간이 인간의 목숨을 앗아갈 수 있는 그 어떤 당위성도, 그 어떤 이유도 대지 않았다. 일군의 사람들이 군인들에 이끌려 학교 운동장을 떠났다. 한 무리는 동쪽 당팟으로, 또 한 무리는 서쪽 너븐숭이 일대 옴팡밭으로, 그렇게 떠나고 나서 잠시 후면 총소리가 연달아 들렸다. 끌려간 마을 사람들을 세워 놓고 군인들이 방아쇠를 당긴 것이다.

당시 대대장을 포함한 지휘관들은 마을 사람들을 죽이는 방법에 대해 저희들끼리 의논까지 했다고 한다. 기관총으로 한꺼번에 사살하는 것도 좋지만 적을 사살해 본 경험이 부족한 군인들에게 경험도 쌓을 겸 몇 명씩 세워 놓고 총살시키자는 의견이 채택되었다. 아무 잘못 없는 사람들이 군인들의 사격 연습용으로 죽도록, 결정은 아주 간단하고도 신속하게 내려졌다.

너븐숭이 애기 무덤에 두 동생을 묻은 김석보 씨도 그날 어머니와 두 동생과 함께 학교 운동장에 있었다. 다행히도 군경 가족의 대열에 끼어 목숨을 건질 수 있었으나, 상황이 어떻게 돌아가는지도 모르고 공포심에 움켜 잡았던 어머니의 치맛자락을, 두 동생을 그만 놓치게 되었다고 한다. 어머니의 치맛자락이 목숨줄이었다는 걸 그들은 아무도 알지 못했다.

그날 저녁 함덕으로 피난을 가는 도중 어머니는 잃어버렸던 두 동생의 시신을 너븐숭이에서 발견했다. 다음 날 어머니는 기어이 너븐숭이로 돌아와 아이들의 시신을 한쪽에 임시로 묻었다. 그러나 그 임시는 70여 년이 시간을 넘기고도 계속되는, 긴 시간었다.

몇 차례 죽음의 행렬이 이어지고 난 후 총소리는 멈췄다. 대대장의 사격중지 명령이 내린 것이다. 죽음의 문턱에서 남은 사람들은 살아났지만 이미 군인들의 사격 연습용으로 쓰러져 간 사람들은 300명이 넘은 뒤였다.

엄마 등에 업혔던 남동생을 그 사건 후 2년 뒤에 잃은 고완순 씨는 동생의 죽음이 군인들이 휘두른 참나무 몽둥이 때문이었다고 한다. 무서워서 우는 남동생의 머리를 군인들은 시끄럽다며 아이의 머리통에다 참나무 몽둥이를 휘둘렀다고 했다. 울며 보채던 남동생의 울음이 멈춘 뒤 2년 후, 남동생은 크게 한 번 울어 보지도 못하고 영영 세상을 떠났다고 했다.

죽은 사람들의 수가 워낙 많아 매장하는 것도 힘에 부치는 일이었다. 대부분 살아남은 사람들이 아녀자들이거나 노약자들이었고, 그나마 가족 전부가 몰살당한 집도 꽤 되었다. 살아남은 가족이 없는 시체들은 오랫동안 그 자리에 방치되어 있었다.

1948년 6월 북촌 포구 경찰 피습사건 용의자로 체포되어 광주형무소에 수감되었던 강서수 씨는 이듬해 3월에 석방되어 고향으로 돌아오게 되었다. 다행이었는지, 불행이었는지 그는 형무소에 수감되어 마을에서 일어난 죽음의 시간을 비껴갈 수 있었지만 그의 아버지는 그 광란의 죽음을 피해 가지 못했다.

그는 사람들에게 수소문하며 너븐숭이 어느 밭에서 아버지 시신을 찾을 수 있었다. 그러나 이미 아버지의 시신은 들짐승과 까마귀 등에게 뜯어먹히기도 하고 썩기도 해서 차마 눈 뜨고 볼 수 없었다고 했다. 시신을 거둬 줄 자식도 친척도 없이 아버지는 그렇게 오랫동안 혼자 방치되어 있었던 것이다.

눈물마저 마음대로 흘리지 못했던 세월, '아이고 사건'

죽음의 장소였던 북촌국민학교 운동장은 1954년 1월 23일. 또 한 번의 아픔을 겪어야 했다. 속칭 '아이고 사건'이라 불리는 일이 일어난 것이다.

군대에 갔던 북촌 출신 김석태라는 청년이 전몰장병이 되어 장례를 치르게 되었다. 장례식은 상여를 메고 평소 고인이 즐겨 찾았던 곳을 돌며 그 혼을 위로하는 절차가 진행 중이었다. 장례 행렬이 학교 운동장에 와서 멈췄다. 상여를 내려놓고 고인의 혼을 달래며 술 한잔을 올리는 도중 누군가의 흐느낌이 시작되었다. 군대에 가서 숨진 김석태의 죽음을 위로하다 몇 년 전 이곳에서 죽어 간 사람들의 혼도 같이 위로하자는 의견이 있었고, 그들을 위해 술 한잔 따라 놓고 흐느낀 울음이었다. 조용히 흐느끼던 울음이 결국 억눌렸던 감정을 뚫고 나와 대성통곡으로 변했다.

'아이고, 아이고….'

뒷말을 잇고자 한들 무슨 말을 하겠는가. 그저 통곡의 '아이고' 소리만 반복할 뿐이었다. 그러나 이 '아이고'는 결국 경찰 상부에 보고되어 이장을 비롯한 여러 사람들이 불려가 또다시 고초를 당해야 했다. 그리고 다시는 어떠한 집단행동도 하지 않겠다는 각서를 쓰고 나서야 그들은 풀려나올 수 있었다. 당시 이장은 이 사건에 책임을 지고 이장직에서 물러나야 했다.

이것이 사람들이 말하는 '아이고 사건'의 전말이다. 눈물마저 마음대로 흘릴 수 없던 세월이었다. 사람들은 점점 더 침묵 속으로 빠져들었고 그 침묵은 지금까지도 이어지고 있는 것이다.

학교 운동장에 대한 예의는 운동장 한 바퀴를 천천히 돌아주는 것이다. 트랙을 따라가도 좋지만 북촌초등학교 운동장에서는 동쪽에서 서쪽까지, 남쪽에서 북쪽까지 잔디 운동장을 밟으며 걸어 보는 것이 좋겠다. 발바닥에 닿는 잔디 너머 그 뿌리에 닿는 지층 너머, 퇴적된 역사의 시간 아래 잠들지도 못하고 있는 사람들의 서러움 다독이듯, 그렇게 다독다독 걸어 보면 좋겠다.

걷다 보면 공포에 질린 사람들의 어깨가 슬그머니 풀릴지도 모르고, 울음조차 내뱉지 못한 아픔이 조금 누그러질지도 모르겠다. 바다를 건너오며 칼날을 세우던 바람도 이제는 그 칼날 다 내려놓고 이마에 맺힌 땀방울 조심스레 닦아 줄지도 모르겠다. 많은 사람들이 찾아와 발자국으로 건네는 위로, 북촌초등학교 운동장에는 그 위로에 보답하듯 잔디가 푸르게 푸르게 뿌리를 내릴 것이다.

핏빛 슬픔을 지워 내며 삶을 이어 가는 당팟

이제 당팟으로 가 보자. 북촌초등학교 동쪽, 야트막한 언덕 위에 팽나무 몇 그루가 서 있고, 그 한쪽에 돌담 울타리가 쳐진 당이 있다. 근처에 당이 있다고 해서 그 일대를 당팟이라 불렀다. 주변에 있는 밭은 지금 봐도 평범하다. 중간중간 빌레가 있고, 빌레 사이 옹색하게 자리를 차지한 흙에 농작물이 자라고 있다. 마늘이나 감자, 가끔은 빈 땅을 드러내기도 하는 밭이다. 이곳에서 그날 100여 명이 넘는 사람들이 죽었다. 「순이 삼촌」 문학비 쓰러진 것처럼 사람 위에 사람이 걸쳐졌다. 무 뽑혀 널어진 것처럼 사람들 시신이 널렸던 곳이다.

시간의 휘발성은 생각보다 강해서 그렇게 널렸던 시신들을 지우고 그 시신들이 쓰러지며 내뿜었던 피의 색깔을 지우고, 그 핏빛에 스몄던 슬픔을 지워 냈다. 결코 웃을 수 없을 것 같았던 사람들의 표정에도 봄이 오듯 웃음 웃어지고, 삶의 이유가 생겨났다. 그리고 오늘 사람들은 그 죽음의 땅 위에서 삶을 이어 가고 있다.

제주도민들의 삶을 대변해 주는 나무, 팽나무

제주 4.3을 상징하는 꽃으로 동백을 이야기한다. 혹시 나무를 말해 본다면 어떤 나무를 꼽을 수 있을까. 나는 팽나무를 볼 때마다 저 나무가 우리 제주도민들의 삶을 대변하는 나무려니 하는 생각을 한다. 곧게 자라는 구석은 찾아 볼래야 찾을 수 없고, 제주 말 그대로 오글랑데글랑 데와지멍(비비꼬이면서 자라는 모습) 자라는 나무다. 그렇다고 허약하지 않다. 몸 곳곳에 자라는 옹이가 함정처럼 있지만 어쩌면 스스로 옹이를 만들어 가며 자신을 단련시키는 듯도 하다. 본 줄기에서 가지로 뻗는 지점에서도 군더더기 없이 매끈하다. 부모의 품에서 자식을 떠나보낼 때 그 어떤 미련도 없이 쿨하게 안거리를 내주고 밖거리에서 식생활을 독립해 사는 제주의 부모들 같다. 모진 풍파를 겪은 자만이 가질 수 있는 견고함과 멋스러움이 팽나무에는 있다.

이런 이유로 팽나무는 한동안 조경업자들에게 수집 대상이 되었다. 밭 한가운데, 돌담 구석, 동네 어귀, 들판 어디서든 보이던 팽나무들이 요즘엔 보기가 어려워졌다. 하나 둘 파헤쳐져서 어느 부잣집 마당에 정원수로 팔려 가거나 그 좋은 곶자왈 다 헤쳐 놓으며 만든 리조트며 호텔 정원수로 팔려 간 것이다. 오글랑데글랑 제 마음 내키는 대로 살던 팽나무가 주인의 취향에 따라 잘리고 구부러지면서 자라게 되었다. 본성을 누르고 살아야 하는 것은 정말 안타까운 일이다.

당팟에도 팽나무가 있다. 인간의 얄팍한 손을 이 팽나무는 수령으로 간단히 제압한다. 팽나무 아래 서 있으면 감탄사를 내뱉는 것조차 숨을 고르게 된다. 도대체 방향을 모르는 가지들이 얼키고 설키면서 공간을 파고든다. 이 팽나무야말로 어떤 어려움이 있어도 삶을 이어온 제주의 역사 같다. 당장은 돌아가는 듯하지만 결국 그 작은 선택과 결정이 모여 이렇게 커다랗고 단단한 나무 한 그루 키워 내지 않았던가. 그게 우리들 역사인 것처럼 말이다.

그러나 제주의 바닷가에서 자라는 나무들은 한결같이 가지를 산 쪽으로만 뻗는다. 바다를 건너온 바람이 나무들의 머릿결을 산 쪽으로 쓸어 놓는 것이다. 바람은 언제나 바다를 건너오고, 그렇게 바다를 건너 제주에 당도한 바람은 늘 제주 사람들을 궁지로 내몰 듯 산 쪽으로 몰았다. 바다 건너 들어온 삼별초, 왜구, 미군정, 서북청년단 그 살에이는 바람을 피해 사람들은 한라산 쪽으로 들어갔던 것이다.

북촌마을을 건너면 동쪽에 동복리라는 마을이 있다. 그 마을 한복판 일주도로 옆에 팽나무 한 그루가 있다. 바람이 얼마나 나무를 쓸어

당팟 팽나무. 어떤 어려움이 있어도 삶을 이어 온 제주의 역사 같다.

동복리 팽나무. 바람에 휘날리는 햇불처럼 산 쪽으로만 자라고 있다. **사진 고정국 시인**

동복리 팽나무. 새로 생긴 건물에 가려 서쪽 하늘을 배경으로 둘 수가 없다.

댔는지 나무는 바람에 휘날리는 횃불처럼 산 쪽으로만 자랐다. 그런 비대칭이 사람들의 눈에는 또 아름답게 보이는 법이라 카메라를 들고 온 사람들이 종종 그 앞에 서 있곤 했다.

서녘 노을을 배경으로 찍힌 팽나무는 누가 봐도 감탄사를 내뱉게 하는 모습인데, 내 눈에는 북촌마을 옴팡밭에서, 혹은 당팟에서 총구 앞에 선 사람들 모습이 연상되기만 했다. 그래서 썼던 짤막한 졸시.

피사체 노을 속에
흑백의 미학인가요

차렷 자세 세워 놓고
나를 찍지 마세요

겨누어 나를 향하던
총구들만 같아요

_졸시 〈북촌 팽나무〉 전문

본의 아니게 총구를 겨누었던 자들로 치환되어 버린 사진작가들에 겐 죄송. 동복 태생임에도 북촌 태생이 되어 버린 팽나무에게도 죄송. 어차피 문학은 작가의 상상에 기인하는 것이므로 너그러운 양해를….

지금은 저녁노을을 배경으로 이 팽나무를 찍을 수 없다. 각이 안 나 온다. 서쪽 하늘이 새로 생긴 빌라에 가려져 있기 때문이다. 무분별한 건축허가의 피해다. 그러나 각이 안 나온다고 투정 부릴 때가 아니다. 이 팽나무의 존재 자체를 걱정해야 할 판이다. 나무 하나 밀어 없애는 건 사람들의 경제 논리에서 너무 쉬운 일이기 때문이다.

제주관광 일번지 성산 일출봉

거대하지만 위압적이지 않고,

가파르지만 숨이 막히지 않는 성산 일출봉

하루의 시작이 동쪽 하늘 아침 여섯 시에 있듯, 제주관광의 시작은 성산 일출봉에 있었다. 제주관광이 본격화되던 시절의 얘기다. 비행기에서, 혹은 배에서 쏟아져 나온 사람들이 버스를 타고 제주의 동쪽 해안을 따라 달리다, 남쪽으로 향하던 길이 서쪽으로 바뀌기 직전, 차는 급하게 동쪽 바다 방향으로 머리를 돌렸다.

오른쪽으로 키 작은 소나무들이 따라오고, 왼쪽으로 푸른 바다가 잔잔한 평화를 이루고 있는 모습을 감상하며 차를 달리다 보면, 또 하나의 제주 마을이 제법 작지 않은 규모로 서 있다. 그리고 그 뒤로 든든한 큰형처럼 산 하나가 버티고 서 있다. 거대하지만 위압적이지 않고, 가파르지만 숨이 막히지 않는 적당한 높이의 바위산 하나. 제주의 푸른 바다를 바탕에 깔고, 단단하지만 부드러운 파도의 곡선을 그리며 서 있는 산. 성산 일출봉이다.

성산 일출봉.
언제나 내 편이 되어 주는 든든한 큰형처럼 버티고 선 산 하나.

사람들은 산을 오르고, 사진을 찍고, 한 접시에 얼마 하는 회를 먹거나 기념품 가게에 들러 손 안에 들어오는 돌하르방이나 정동 모자를 사 들고 떠났다. 신혼부부 단체 관광버스가 오면 간혹 산 아래 넓게 펼쳐진 잔디밭에서 사랑의 크기를 과시하는 게임 몇 가지 행복하게 즐기기도 했다.

같은 장소를 즐기는 방법도 시대에 따라 달라지는 법이라 관광버스 대신 자가용이 늘어나면서 일출을 보러 오는 사람들이 늘었다. '거북아 거북아 머리를 내어라.' 구지가를 불렀던 사람들처럼 간절한 염원을 담은 눈빛들이 아침 동쪽 바다를 향했다. 하늘이 바다에 맞닿은 지점, 가장 마음 약한 부분으로 살짝 터져 나온 아침 태양의 그 눈빛은 사람들의 가슴에 오래도록 남아 있곤 했었다.

오천 년의 시간을 기다려 우리와 만난 성산 일출봉

성산 일출봉은 화산섬인 제주의 실체를 가장 현실감 있게 보여 주는 곳 중 하나다. 단단한 지층을 뚫고 솟아오르던 마그마가 바닷물을 만나 끓고 폭발하기를 몇 차례, 폭발의 충격에도 어느 한쪽 떨어져 나가지 않고 온전히 제 형체를 유지한 분화구가 그 모양 그대로 화산재에 쌓였다. 뜨거운 열기가 식고, 시간이 가면서 화산재는 바닷물에 씻기기도 하고, 더러는 바람에 내주기도 하면서 조금씩 그 속살이 드러나기 시작했다. 많은 시간이 흐르는 동안 결국은 단단한 알맹이만 남아 지금 이 모양대로 우리와 만나게 되었다.

오천 년의 시간을 기다려 만난 일출봉. 몇 번의 윤회를 거쳐도 남을 것 같은 긴 시간일 수도 있지만 우주적 시간에서 오천 년은 어쩌면 눈 한 번 깜짝할 정도로 짧은 시간이지 않을까. 어떤 보폭으로도 우린 도저히 자연의 보폭을 따라잡을 수 없는 것. 그저 그 보폭 아래 펼쳐지는 어느 한순간의 지점에서 그대로의 자연을 받아들 수밖에 없을 것이다.

바다 저편으로 보이는 우도가 길게 동북쪽으로 누워 있다. 성산 일출봉과는 달리, 우도는 분화구 안에서 폭발하는 힘이 분화구 한쪽을 무너뜨린 형상이라 한다. 무너진 분화구 한쪽으로 흘러나온 마그마가 중력이 이끄는 대로 아래로 흘러갔다. 북동쪽으로 편안하게 흐른 마그마 위로 바람과 파도는 흙을 실어와 천천히 다져 놓고, 그 위로 생명의 씨앗들을 뿌리면서 지금의 우도가 되었다. 그 씨앗 사이로 사람의 발자국이 찍히고, 그 잰 발자국들이 드디어 오늘에 닿은 것이다.

중력이 이끄는 대로 편안히 흐른 우도

우도의 형상을 눈으로 더듬으며 일출봉 정상으로 가는 계단을 오르기 시작한다. 제주의 가장 아름다운 풍광, 영주십경에 들어 그 우두머리를 차지하고 많은 사람들을 불러모았으면 그만한 이유가 있을 것이다. 그 이유를 찾기 위해 오늘도 사람들은 네비게이션에 성산 일출봉을 검색하고, 먼 길을 돌아 산자락 주차장에 차를 대는 것이다.

오래전 사람들이 디뎠던 그 발자국 위로 또 하나의 발자국을 포개며 걷는다. 끝이 날 것 같지 않는 계단을 세어 가며 걷다 보면 스케일 자랑하는 몸집을 드러내며 서 있는 바위들을 만난다. 이야기 붙이는 걸 좋아하는 건 예나 지금이나 마찬가지여서 어떤 바위에는 설문대할망의 이야기를 끌어와 할망이 비느질할 때 등잔을 올려 놓았던 바위라고 하고, 또 어떤 바위에서는 굳이 곰의 형상을 찾아내 이름을 붙여 주기도 했다. 그 이름이 만들어 내는 또 하나의 평행우주를 상상하

지미봉에서 바라본 우도.
동북쪽 방향으로 편안하게 흐른 모습.

며 걷다 보면 드디어 정상. 시야를 막아서던 바위가 돌연 사라지고 거대하게 펼쳐진 초원. 얇은 사발 같은 성산 일출봉 분화구다.

100과 99, 완전함과 결핍의 어느 시점에서 우리 삶은…

일출봉 계단을 밟고 오르면서 만나는 거대한 바위들이 여기서는 하나가 모자란 100개의 바위로 서 있다고 하는데, 정작은 100여 개 남짓, 정확한 숫자를 말하는 사람은 없다.

그럼에도 100이란 완전함보다 꼭 하나가 모자라는 결핍의 자리를 마련해 둔 사람들의 심리는 무엇이었을까. 사는 게 완전하지 않아서, 혹은 만만하지 않아서, 누구도 대신 말해 주지 않는 그 팍팍한 삶의 이유를 사람들은 그 결핍의 장에서 찾아내려 했던 것은 아니었을까… 사는 건 예나 지금이나 호락호락하지 않고, 사람들은 그 힘겨움을 거인들의 어깨에 기대어 위안을 삼으려고 했던 건 아니었을까.

일출봉을 오르는 동안 만나는 거대 바위에도 설문대 할망이 등잔을 올려 놓던 바위라는 이름을 붙인 이유, 거대한 힘을 빌어 우리 삶이 더 나아지기를 바라는 것보다, 거대한 힘의 소유자들도 우리와 별반 다르지 않게 살았을 것이라고 상상하다 보면 우리의 팍팍함이 그만큼 덜 억울하게 느껴진 건 아니었을까.

어떤 이들은 100이란 숫자가 신의 세계에서 완전한 숫자였다면 99는 인간의 세상에서 완전한 숫자를 가리킨다고도 한다. 그 어느 풀이법에 정답이 있다고 말할 수는 없을 것이다. 단지 완전함과 결핍의 어느 지점에 옛이야기를 만들어 낸 사람들의 의도가 숨어 있을 것이다.

분화구 안쪽, 울컥울컥 뱉어 내던 마그마 올라오던 그 목줄기. 그 깊

성산 일출봉 분화구 안.
용암이 올라오던 목줄기도 시간의 중력에 메워지고 옛이야기처럼 들풀이 자라고 있다.

일출봉 정상에서 내려다보는 마을.
지나온 길 어디쯤서 나는 저렇게 위험했었구나, 끝까지 포기하지 않았구나…

고 어둡던 구멍도 흐르는 시간의 중력에 다 메워지고 그 위로 또 옛이
야기처럼 들풀이 자라고 있다. 한때 사람들이 올라와 그 안에 씨를 뿌
리기도 하고, 말을 메어 먹이기도 하고, 가끔은 흐르는 구름처럼 지나
가는 사람들이 잠시 삶의 무게를 내려놓기도 했던 곳이다.

그러던 곳이 지금은 울타리를 치고 사람들의 발길을 거부하고 있
다. 그러고 보면 여기가 유네스코가 인정한 세계자연유산이지 않은
가. 후대에게 물려줄 자연유산으로서 반드시 보존되어야 할 곳으로
세계가 인정한 곳 제주세계자연유산. 한라산 천연보호 구역과 성산
일출봉 거문오름용암동굴계로 이루어진 제주 화산섬과 용암동굴에
포함되어 전 세계의 관심이 집중되고 있는 곳이기도 하다. 이것만으
로도 영주십경 중 제1경의 자리를 차지한 이유는 충분하다고 할 수
있겠다.

눈높이에 따라 다르게 보이는 세상

늘 보던 세상에서 약간 거리를 두고 싶을 때, 늘 보던 풍경에서 또
다른 감탄사를 쓰고 싶을 때, 우린 눈높이를 달리하게 된다. 힘겹게
오르던 계단을 등지고 돌아서면 유려하게 펼쳐진 곡선. 끊어질 듯 이
어지는 해안선을 따라 제주 섬이 성산포 깊숙이 바다 쪽으로 들어오
고 있다. 저렇게 가느다란 선을 따라 나도 여기에 닿았구나. 아무것도
모르고 무사히 여기까지 닿긴 했지만 지나온 길 어디쯤서, 나는 저렇
게 위험했었구나. 곧 끊어질지도 모를 길을 끝까지 포기하지 않았구
나. 목적지에 도착한 자들이 누리는 이 여유. 정상에 오르는 동안 소
모된 에너지와 힘겨움을 한꺼번에 다 보상받고도 남는다.

위에서 아래로 내려다보면 세상 큰 것들이 사라진 자리에 깃드는 작

은 감정들이 오밀조밀하다. 그동안 살면서 나도 모르게 움켜쥐었던 손 활짝 펼쳐 내가 가졌던 것들을 옆 사람에게 다 줄 수 있을 것도 같아진다.

그런 생각을 하는 사이, 나보다 늦게 일출봉 정상에 닿은 바람이 땀에 젖은 몸을 말려 준다. 일출봉 정상에서는 그 어느 것도 정면을 피하지 말 것. 바람 앞에 몸을 드러내 놓고, 땀이 마를 때까지, 마른 몸 위로 보송보송 솜털이 일어설 때까지, 일어선 솜털들이 만들어 놓은 옷과의 공간으로 바람이 자리를 잡을 때까지, 그 자리에서 정면으로 바람을 마주해 볼 일이다. 옷 속 가득 들어찬 바람이 몸을 둥실 띄워 올릴 것 같은 위기의 순간, 드디어 하산.

얼마나 더 흔들려야…

올라오는 길과 내려가는 길이 달라서 아쉽다. 내려갈 때는 올라올 때 보지 못했던 것들을 봐야 하는데 말이다. 올라올 때 눈앞에 있는 것들에 집중하면서 왔다면, 내려갈 때는 멀리 있는 것들에 집중하며 걷는다. 그러다 문득, 계단 위에 사람들 발자국 사이로 자라는 제비꽃 한 송이를 조심해야 한다.

그 무수한 발자국을 용케 피해 가며 뿌리를 내리고 꽃을 피운 제비꽃의 행운과 의지가 놀랍다. 그 작은 생명이 내 발에 다하지 않도록 조심스럽게 발을 내려놓다 보면, 서쪽 하늘 중간쯤에 머리를 내민 한라산. 그 한라산을 배경으로 팍팍한 바위 틈새 뿌리를 내린 들국 한 무리를 만나도 좋다. 흔들리지 않고 피는 꽃이 어디 있으랴던 어느 시인의 싯구처럼 딱히 바람이 부는 것도 아닌데 가만가만 흔들리고 있는 들국, 꽃이 피려면 아직 멀었는데, 위태롭게 벼랑에 매달려 얼마나

우묵개 언덕에 핀 갯쑥부쟁이.
보랏빛 농염한 눈빛을 따라가다 보면 아, 유혹의 끝은 항상 이렇게 낭떠러지여야 하는가.

더 흔들려야 하는지, 되려 걱정이 되기도 한다.

아침 일출을 보러 가자며 새벽 잠을 버리고 지인들과 일출봉을 오른 적이 있었다. 일행 중에는 잠자다 얼결에 엄마를 따라온 일곱 살짜리 아들도 있었는데, 올라갈 때는 비몽사몽간에 제가 어디로 가고 있는지조차 모르고 올랐다가 내려올 때서야 정신이 들었는지 아들은 일출봉을 내려오는 내내 노래를 불렀다. 일곱 살짜리 아들이 부르는 노래는 '내 나이가 어때서'라는 노래였다. 고요한 아침 산행을 기대하며 올랐던 사람들은 꼬마의 우렁찬 노래 끝자락에 박자를 맞추며 내려올 수밖에 없었다.

유혹의 끝, 절망의 지점, 우뭇개 해안

가끔 나뭇가지에 붙잡힌 마음을 떼어 내며 산행이 시작되었던 입구에 다가올 무렵, 잔디밭에 유혹하듯 피어 있는 갯쑥부쟁이가 눈에 띈다. 유혹은 넘어가라고 있는 것. 보랏빛 농염한 눈빛이 이끄는 대로 따라가 보자. 때론 한두 송이 부끄럽게, 때론 부끄러운 표정 싹 지우고 과감하게 떼로 몰려와 사람들을 이끈다. 그 이끌림에 가다 보면 닿게 되는 일출봉 동쪽 해안가 절벽. 아, 유혹의 끝은 항상 이렇게 낭떠러지여야 하는가.

성산포를 노래했던 이생진 시인의 싯구절에 '가장 살기 좋은 곳은 가장 죽기 좋은 곳'이라는 구절이 있다. 바꿔 보자. '가장 죽기 좋은 곳은 가장 아름다운 곳'이라고 말이다. 유혹의 끝 절망의 지점이 아름다운 건 성산 일출봉 우뭇개 해안도 다를 바 없다. 바다를 만나 유려해진 일출봉 곡선이 아득한 절벽을 세웠다. 수평선 너머 고개 내민 아침

해가 바다를 황금빛으로 물들이면 자잘하게 퍼진 태양의 분자를 안고 태양보다 먼저 서쪽으로 가려던 바다 물결이 절벽에 와서 무릎을 꿇었다.

그렇게 꺾인 무릎 아래로 바위들이 떨어져 나오고, 떨어져 나온 바위 사이로 작은 생명이 터를 잡았다. 절망과 희망의 경계선이 모호해진 우뭇개 해안. 사람들은 바다 쪽으로 난 계단을 내려가 검지를 내밀어 바다와 교신을 시도한다. 누군가 내 검지에 대고 비밀의 언어를 전해 줄 것만 같은데, 오래도록 기다려도 바다는 묵묵부답이고, 기다림에 지친 사람들은 바다에서 갓 잡아온 회 한 접시에 소주 한잔 붉게 걸치고 계단을 올라온다. '술은 내가 마셨지만 취한 건 바다'라는 우김은 필수다.

가장 살기 좋은 곳은 가장 죽기 좋은 곳, 가장 죽기 좋은 곳은 가장 아름다운 곳, 삼단논법대로라면 가장 아름다운 곳은 가장 살기 좋은 곳이어야 하는데, 실생활에서도 이런 논법이 딱딱 맞아떨어진다면 얼마나 좋을까.

불행하게도 제주에선 가장 아름다운 곳은 가장 살기 좋은 곳이 아니라, 가장 죽기 좋은 곳, 혹은 가장 죽음이 많은 곳이라는 명제가 성립한다. 그런 의미에서 우뭇개 해안으로 내려서기 전 이곳, 우뭇개 동산에 잠깐 발을 멈춰 보자. 4.3이 가져온 죽음을 피해 가지 못한 곳이다.

나뭇가지처럼 얼어붙은 시신을 지게에 지고…

우뭇개 동산은 성산 일출봉 북쪽에 맞닿아 있는 해안 절벽 위를 말한다. 우뭇가사리가 많이 나온다 하여 우뭇개라는 이름이 붙었다는 설도 있고, 오목하게 들어간 곳이라 하여 붙은 이름이라는 설도 있다.

그런 풍요의 땅에도 죽음의 광풍은 어김없이 불었다. 특히 당시 성산국민학교에 주둔하고 있던 서북청년단 특별중대의 만행은 이루 말할 수 없었다고 한다. 인근 지서에 끌려갔던 사람들이거나 토벌대의 포위에 걸려든 사람들이 서청특별중대에 끌려왔다. 그리고 모진 고문의 끝은 죽음으로 마무리되었다. 대부분 이곳 우뭇개 동산이나 터진목에서 총살되었다.

특히 우뭇개 동산에서는 다이너마이트 사건, 혹은 던지기약 사건으로 알려진 학살도 자행되었다. 이때 오조리 주민 20여 명이 한꺼번에 희생되었다.

해방 이후 일본군이 버리고 간 다이너마이트는 주민들의 고기잡이용으로 요긴하게 사용되고 있었다. 특히 1948년 겨울부터는 각 마을 민보단들이 인민유격대의 공격에 대비해 마을 초소마다 다이너마이트를 보관하고 있기도 했다. 제주에 주둔했던 9연대에서도 마을 경비를 위해 주민들의 다이너마이트 사용을 허가했다.

그러나 9연대와 교체된 2연대는 이런 사실을 몰랐다. 초소에서 다이너마이트를 발견한 2연대는 자세히 알아보려고도 하지 않고 자신들을 죽이기 위한 무기라고 단정하였다. 그들은 마을 이장, 민보단장 등 오조리 주민 20여 명을 우뭇개 동산으로 끌고 가 한꺼번에 총살했다. 1949년 1월 2일의 일이었다.

이날 둘째 형님을 잃은 현춘홍 씨의 증언에 의하면 그날 토벌대들은 오조리 주민들을 처형하는 걸 보라고 성산주민 천여 명을 동원시켰다고 한다. 한겨울이지만 맑았던 하늘이 오후 4시경 총살이 시작될 무렵 갑자기 눈보라가 치기 시작했다고 한다.

강원도 사람이 제주에 내려와 얼어죽는다는 우스갯소리가 있을 정

우뭇개 동산.
1949년 1월 2일 오조리 주민 20여 명이 총살되었다.

도로 제주의 겨울 날씨는 혹독하다. 한없이 부드럽고 온화하던 날씨가 갑자기 돌변하면 순식간에 뚝뚝 영하의 기온으로 체감온도를 떨어뜨리는 제주 날씨, 그날도 그랬다고 했다. 채 수습하지 못한 시신들이 나뭇가지처럼 바짝 얼어 있었다고 했다.

이런 황망한 죽음이 제주 4.3의 이름 아래 우뭇개 동산에서도 자행되었다. 항변조차 할 수 없는 죽음을 앞에 두고 천여 명의 사람들이 둘러서서 숨죽이며 내 이웃이 총탄에 쓰러지는 광경을 지켜보고 있어야 했다. 아흔아홉 개의 일출봉 분화구 바위들도, 설문대 할망이 등잔을 올려 놓았던 등경돌도 말없이 눈만 껌뻑이며 잔혹한 순간을 보고만 있어야 했다.

아침 태양의 이마에서 빠져나온 붉은 바다도 우뭇개 해안의 절벽을 더 깊게 할 뿐 이 잔혹함을 저지하지 못하고 있었다. 그래서 그랬던 것일까. 제주의 날씨가 그들보다 더 혹독해지고 있었다고 했다.

아직도 돌아오지 못한 어느 영혼을 위해
술 한잔 따라 주시기를…

우뭇개 해안으로 내려가게 된다면 바다에게 당신의 검지를 내밀어 보시라. 이미 오래전에 이곳을 먼저 다녀간 사람들과 교감을 시도해 보시라. 당신의 검지 끝에 어느 누군가 자신의 검지를 대거들랑 가만히 그의 하소연을 다 들어주시라. 살아온 내력을 철썩철썩 다 풀어놓을 때까지 귀를 기울여 주시라.

혹여 검지를 대어도 아무도 오지 않거들랑, 회 한 접시에 소주 한 병 바다 앞에 놓고 앉아 보시라. 그리고 부디 소주 첫 잔은 바다 쪽으로 고수레를 해 주시라. 아직까지 가까이 다가오지도 못하고 먼 바다 어디에서 그날 그 시간의 소용돌이에서 헤어 나오지 못하고 있는 어느 영혼을 위해 술 한잔 따라 주시라. 그러면 누가 알겠는가. 목울대 타고 내려간 쓰디쓴 소주 한잔으로 오랫동안 맺혀 있던 가슴의 한(恨), 아주 조금 풀리게 될지….

회 한 접시에 소주 한 병 다 비울 때까지 파도는 그곳을 떠나지 않을 것이고, 파도의 끝자락에 살짝살짝 제 몸무게를 내려놓는 바람은 당신이 떠난 후에도 오랫동안 그곳을 맴돌 것이다. 절벽을 무너뜨리며 누워 있는 바위에 파도가 닿을 때마다 그날 미처 다 울지 못한 사람들의 울음이 철썩철썩 부서질 것이고, 당신이 떠난 발자국 위로 또 다른 사람들이 걸어와 부서지는 파도에 술 한잔 또 따라 줄 것이다.

유년의 내 마음을 빼앗았던 바다, 광치기해변

일출봉 정상에서 아래를 내려다봤다면 이제 아래쪽에서 일출봉을 조망해 보자. 성을 닮았다 하여 성산이란 이름이 붙을 정도로 일출봉은 커다란 성채의 모습을 하고 있다. 보는 방향에 따라 모습을 달리하는 건 당연하지만 성채의 모습을 온전히 볼 수 있는 곳으로 광치기해변을 꼽는다. 일출봉을 소개하는 대부분의 사진들은 다 이 광치기해변에서 조망한 일출봉 모습이라 해도 과언이 아니다. 우리도 이 광치기해변으로 가 보자.

일주도로에서 빠져나온 길이 성산포 쪽으로 막 접어들기 시작한 시점부터 해변을 따라 섭지코지 입구가 시작되는 지점까지가 광치기해변이다. 바다 너머 일출봉과 섭지코지를 놓고 제주섬 해안을 따라 둥글게 곡선을 그리며 이어진 해변이 바로 광치기해변이다. 이 광치기

광치기해변에서 바라본 성산 일출봉.
한붓그리기로 그려진 깔끔한 실루엣의 일출봉을 볼 수 있다.

해변에서 동쪽을 보면 한붓그리기로 그려진 것처럼 깔끔한 실루엣을 자랑하는 일출봉이 서 있다. 일출봉 아랫도리에 일제가 파 놓은 진지 동굴이 보이고 허리춤께엔 검은 현무암이 비바람에 씻겨 은빛으로 빛나고 있다. 사진에서 보던 바로 그 일출봉이다.

광치기해변의 특별함은 썰물 때가 되면 드러난다. 물이 빠지고 나면 물속에 잠겨 있던 바위들이 드러나는데, 이 바위들은 마치 시루떡들을 비스듬하게 겹쳐 놓은 것 같은 모습이다. 녹조류와 갈조류들이 잔뜩 끼어 있는 바위 사이로 아직 돌아가지 못한 바다가 주먹만큼 얼굴만큼 남아 있다. 그리고 그렇게 남아 있는 작은 바다에도 하늘이 들어와 살고, 구름이 지나가고 꼬물거리는 생명체들이 잔뜩 움직인다. 작은 바다마다 작은 우주가 하나씩 있는 셈이다.

광치기해변은 넓다는 의미를 담고 있다고도 하지만 예로부터 이곳은 바다로부터 시신들이 많이 밀려온 곳이라 했다. 사람들은 밀려온 시신들을 거둬 이곳에서 관을 만들고 시신들을 처리했다. 그렇게 해서 붙여진 이름 관치기에서 유래했다는 설도 있다. 어떤 해석이든 다 일리가 있을 듯싶다.

내게도 이곳은 특별한 추억이 있는 곳이다. 아직 바다가 무엇인지도 잘 모르던 어린 나이, 아마 초등학교를 갓 들어갔을 무렵이었던 것 같다. 제주도 태생이라고 해서 날 때부터 바다를 아는 건 아니잖은가. 특히 중산간 지대에서 태어난 나는 그때까지 바다를 본 게 몇 번 되지 않았던 것 같다.

어쩌다 성산포에 살고 있는 친척집에 놀러 왔다가 이 광치기해변에 왔었던 것 같다. 멍석 말 듯 낮게 낮게 밀려오는 파도와 그 파도처럼 낮게 낮게 누워 있는 바위가 인상적이었다. 나는 그 낮은 바위와 바위를 건너다니며 놀았다. 그리고 오래도록 그곳이 어디였는지 알 수가 없었다.

시간이 흐르면서 문득 그곳이 어디였을까 하는 생각이 들었지만 세상엔 그보다 더 알고 싶은 것들이 많았다. 그리고 그 후 내가 본 제주 바다는 대부분 검은 현무암이 울퉁불퉁 위협적으로 깔려 있거나 넓은 백사장이 깔린 바다였다. 성산 일출봉을 이러저러한 이유로 몇 번을 오가도 그 길목에 길게 누워 있는 광치기해변을 보지는 못했다.

그랬던 그 유년의 바다가 다시 내 앞에 나타난 것은 대학을 졸업하고서도 한참 지난 후였다. 우연찮게 광치기해변에 들러 시루떡처럼 겹겹이 누워 있는 바위들을 보고 드디어 그 바다가 내 유년의 바다임을 깨달았다. 바다는 거기 그대로 있는데, 나 혼자 길을 잃고 먼 길을 돌아왔던 것이다.

터진목 모래 위로 쓰러졌던 사람들

유년의 내 바다였던 광치기해변은 이제 종종 내가 찾는 바다가 되었다. 물에 잠긴 해변, 속내 다 드러낸 해변, 폭풍우 치는 해변, 햇살 부서지는 해변, 나와 눈높이를 같이하면서도 바다는 정말 많은 표정으로 나를 놀라게 했다. 그 표정 변화를 나는 그저 바라보기만 해도 좋았다.

언젠가 다시 찾은 광치기해변 바위에는 바다로 돌아가지 못한 멸치 떼들이 하얗게 죽어 있었다. 바위만이 아니라 모래 위에도 물결의 흔적을 따라 멸치 떼 주검이 줄지어 있었다. 왜 그 많은 멸치 떼가 죽어야 했는지 나는 알지 못했다. 바다와 함께 돌아가지 못한 이유를, 바다는 왜 이들을 버려야만 했는지 나는 알지 못했다.

광치기해변.
돌아가지 못한 멸치 떼가 하얗게 죽어 있다.

그러나 광치기해변에 널린 멸치 떼의 죽음을 나는 그냥 낯선 풍경으로 넘겨 버릴 수 없었다. 이미 나는 광치기해변의 동쪽 끝, 터진목에서의 죽음을 알고 있었기 때문이다. 그때 터진목 모래밭 위로 쓰러졌던 사람들의 주검이 바로 지금 내가 보고 있는 멸치 떼의 모습과 다르지 않을 것 같았다.

돌아가지 못한 것들이 하얗게 마르고 있다

쓰러지는 숨결을 받아 안은 모래들과
그 모래 갈비뼈에서
태어난 바위 위에

사설 같은 긴 주검
줄무늬 선명하고
칠십 번
눈을 감아도
축축한 가슴들이
남 몰래 작은 웅덩이 반쯤 채운 물 내미는,

가볍게 몸이 뜨는 해류를 기다린다
태초의 직립보행
걸어간
그쪽으로

성산포 광치기해변 멸치 떼 마르고 있다

_졸시 〈멸치 떼〉 전문

터진목은 제주섬과 성산포 사이 바닷물이 들어와 길을 막는 구간이었다. 아니 길이 터져 바닷물이 들어오는 구간이라고 해야겠다. 터진목이라는 이름에 맞추려면 말이다. 이 터진목이 지금과 같이 연결된 것은 1940년대 초였다. 실리에 따라 바다가 길이 되기도 하고, 길이 바다가 되는 것은 예나 지금이나 너무 간단한 일이다. 바다는 길에 막혀 먼 길을 돌아 나가게 되었지만 이름은 그대로 남았다. 아스팔트 반듯한 길인데도 사람들은 아직도 이곳을 터진목이라 부른다. 일출봉 정상에서 내려다봤을 때 성산포로 들어오던 길 중 가장 가늘게 이어지던 부분이다.

1948년 12월부터 이듬해 2월까지
190여 명의 마을 주민들이 희생된 터진목

앞에서 얘기한 대로 성산포에는 서청특별중대가 성산국민학교에 주둔하고 있었고, 고문에 지친 사람들을 마지막으로 끌고 와 총살시키던 곳 중 하나가 바로 터진목이었다. 4.3 당시 토벌대에 의한 민간인 학살이 횡행하던 1948년 12월부터 이듬해 2월까지, 성산면 관내 온평리, 난산리, 수산리, 고성리 등 인근 마을 주민 190여 명이 대부분 이곳에서 희생되었다.

형님이 서청단원들에게 끌려간 이유가 이승만 사진을 사지 않았던 것이었다는 고성리 주민 홍성기 씨도 터진목에 쓰러진 형님의 시신을 다음 날에 가서야 겨우 모셔올 수 있었다. 형님의 이유 없는 죽음보다 더 끔찍했던 것은 총탄에 쓰러진 사람을 대창이나 철창으로 몇 번씩 찔러 댄 것이었다. 성산포에 주둔했던 의용대원, 특공대원이라는 사람들이 시신을 대상으로 찌르기 연습을 한 것이다. 나중에는 총알이 아깝다며 대창으로 사람들을 찔러 죽였다.

죽음의 현장에도 죽음을 비껴가는 사람들은 있기 마련이다. 정순호 씨는 어머니의 등에 업혀 서청특별중대로 갈 뻔했다. 이를 본 이모가 아기는 두고 가라며 정순호 씨를 어머니 등에서 받아 안았다. 아기를 두고 서청특별중대로 간 어머니는 그날 터진목에서 총살되었고 아기는 살아남았다.

어머니 품에 안겨 터진목까지 갔던 오인권 씨는 어머니와 함께 터진목에서 총살을 당했다. 그러나 총알은 17개월 된 아이의 손목과 가슴에 상처를 남기고 어느 누구의 덕분인지 살아남았다. 그러나 그렇게 살아남은 목숨이 온전할까. 17개월이던 아이는 그 후 오랫동안 삶을 방황하다 은인 같은 아내를 만나 드디어 안정을 찾았다고 했다.

"평생 동안 힘들었지. 지금도, 참… 이상하게 아버지 생각은 안 나는데 어머니 생각만 나. 어머니가 나를 데리고 그 성산포 터진목에 총 맞으러 갈 때 어떤 심정이었을까… 하면, 지금도 걸어가다가도 눈물이 뚝뚝 떨어져. 그러니까 그런 생각은 될 수 있으면 안 하려고 하는데… 문득문득 날 때가 있어…."

초로의 얼굴이 된 오인권 씨의 사모곡이다.

먼저 간 사람들의 발자국은 어느 지층에 고스란히 남아…

광치기해변에서는 모래밭에 주저앉아 바다가 전하는 이야기, 파도가 전하는 말, 바람의 이야기를 들어봐야 한다. 오랜만에 손녀들을 만나 말문이 트인 할머니처럼 파도는 말을 하고, 바람은 다가와 귀밑머리를 들썩인다. 저 파도가 하는 말을 제대로 좀 들어 보라는 뜻이다.

그러나 우리는 안다. 말보다 더 분명한 것은 감정이라는 걸. 자연의

광치기해변 바다.
긴긴 시간 동안 무심하고 또 무심하게 핏물 씻겨 내는 파도.

리듬은 사람의 감정을 움직이는 뭔가가 있다. 바람이 밀어오는 파도의 리듬을 가만히 듣다 보면 어느덧 그 리듬에 맞춰 내 몸이 흔들리고, 내 몸의 리듬에 맞춰 광치기해변의 모든 사연을, 그 수많은 감정들을 오롯이 다 알 것만도 같아진다.

바다 위에 부서지는 햇살, 물고기 떼들의 유영처럼 빛나는 바다의 황홀감. 그 아름다움 앞에서 죽음을 목전에 둔 어머니의 심정을 생각하며 가슴 아파 우는 남자의 눈물. 모래로 흘러들었던 쓰러진 자들의 붉은 피. 긴긴 시간 동안 무심하고 또 무심하게 핏물 씻겨 내던 파도. 그 자리가 바로 여기 광치기해변 터진목인 것이다.

그러나 그렇다고 여기선 사람들 모두 슬픈 표정을 지을 필요는 없다. 파도가 밀려왔다 밀려간 자리 위로 연인들의 발장난이 찍히고, 엄마에게로 달려가는 작은 아이들의 발바닥이 찍히고, 그 아름다운 발자국 따라 사람들 웃음소리 퍼지면 그날 그렇게 쓰러졌던 사람들의 얼굴에도 어느덧 평화로운 미소가 감돌지도 모를 일이다. 먼저 간 사람들의 발자국은 파도에 그냥 휩쓸려 사라지는 것이 아니라 시간의 어느 지층에 고스란히 남아 화석으로 굳어 갈 것이고, 후대의 사람들은 그 화석을 꺼내 보며 옛 이야기의 진실을 깨닫게 될 것이다.

부당함으로 불이행,
우리가 기억해야 할 이름, 문형순

성산포를 나가기 전에 우리가 기억해야 할 사람이 있다. 성산포경찰서장으로 근무했던 문형순 경감이다. 학살의 최전선에 섰던 경찰 중 한 명을 우리가 기억해야 하는 이유가 뭘까. 모든 일이 다 그렇지만 모든 경찰이 다 그렇게 무턱대고 학살에 동참했던 것은 아니다. 대부분의 경찰들이 무고하게 죽어 가는 제주도민들을 안타까운 눈으로 바라봤을 것이다. 엄혹한 시절, 자신의 목숨조차 보장할 수 없는 상태에서 다른 사람을 죽음에서 구해 낸다는 것은 어려운 일이었다. 그러나 그런 어려움 속에서도 자신의 의지로 사람들을 구해 낸 이가 있었으니 그가 바로 문형순 서장이었다.

　1950년 8월 20일. 문형순 서장이 있는 성산포경찰서에 상부로부터 예비검속자 총살 집행 지시 공문이 날아왔다. 한동안 공문을 내려다보던 서장은 조용히 펜을 들어 공문서 위에 여덟 자를 적었다. 그리고 날인을 했다. 그 여덟 자는 '부당함으로 불이행'이었다. 예비검속이란 행위 자체도 문제였지만, 그런 사람들을 처형하라는 것은 도저히 경찰로서 행할 일이 못되었던 것이다. 그러나 아무리 그렇더라도 당시 상부지시를 거역한다는 것은 목숨을 내놓는 것이나 마찬가지였다. 그럼에도 문형순 서장은 상부의 지시를 따르지 않았다. 이로 인해 성산포경찰서 관내 예비검속으로 희생된 사람은 단 여섯 명에 불과했다.
　이런 그의 행동은 성산포에서 처음이 아니었다. 1948년 12월 군경은 대정읍 하모리 좌익 총책을 검거하여 관련자 백여 명의 명단을 작성했다. 관련자라고는 하지만 대부분 다 무고한 민간인들이었다. 당시 모슬포경찰서에 근무 중이었던 문형순 서장은 자수를 권유하고 자수한 사람들의 조서를 작성하는데 평소처럼 서북청년단원들에게 맡기지 않고 마을 면서기에게 시켰다. 어떻게든 꼬투리를 잡아내던 서북청년단들을 배제하면 조서를 마을 사람들에게 유리하게 쓸 수 있었던 것이다. 그렇게 작성된 최종 조서 내용을 받아 본 군인들은 '시시하다 아무 내용도 없다.'며 사람들을 귀가시켰다. 당시 상황을 감안하면 모두 죽음 앞에서 살아 돌아온 셈이었다.

모슬포 진개동산에 서 있는 문형순 서장의 공덕비.
문형순 서장 덕에 목숨을 건진 고춘언 씨를 중심으로 뜻을 같이한 사람들이 세웠다.

문형순 서장은 1952년 제주도 경찰국 보안과 경감으로 퇴직했다. 퇴직 후 그는 가족도 없이 홀로 경찰 쌀배급소 직원으로 일하기도 하고, 제주도에서는 첫 영화관이었던 대한극장 매표소 직원도 하면서 궁핍하게 살았다. 그리고 1966년 6월 20일 제주도립병원에서 혼자 쓸쓸하게 생을 마감했다.

문형순은 평안남도 안주 출신으로 알려져 있다. 1919년 만주 신흥무관학교를 졸업하고 한국의용군, 임시정부 광복군 등의 소속으로 독립운동을 했던 인물이다. 해방 후에 경찰에 투신해 1947년 7월 제주에 부임한 것으로 알려지고 있다. 그의 유해는 평안도민회에서 거둬 현재는 오등동 평남도민회 묘지에 안장되어 있다.

모슬포 진개동산에는 문형순 서장의 공덕비가 서 있다. 당시 모슬포에서 문형순 서장 덕에 목숨을 건진 고춘언 씨를 중심으로 뜻을 같이한 사람들이 세운 것이다. 제주 4.3평화공원에는 무고한 사람들의 학살을 막은 의로운 사람들 전시관에 그의 이름이 올라와 있다. 2018년 올해의 경찰영웅에 서훈되었다.

성산포를 떠나기에 앞서 우리가 기억해야 할 이름 문형순. 젊어서는 대의를 위해 제 목숨을 담보로 행동하는 양심이었지만 말년은 쓸쓸했다. 그 쓸쓸한 죽음은 우리 독립운동가들의 공통적인 모습이라고 말하는 김경훈 시인의 시는 그래서 더 비장함이 느껴진다. 그의 시를 읽으며 어느 경찰 출신이 그랬듯 우리도 그를 기억해 보자.

'북지십년 만주십년 경찰백지 일자무식 문도깨비 문형순!'
어느 경찰 출신은 문형순을 그렇게 음률을 맞추어 기억했다

왜 이 죄 없는 사람들을 죽이라는 거야?

안 돼!

광복군 출신으로, 친일 군경과 맞짱 뜰 수 있는 배짱과 용기

너희 놈들이 하는 짓거리가 이게 뭐야?
부당함으로 불이행!

말년엔 여느 독립운동가들처럼 쓸쓸하게 죽었다고 전했다 그러나
'북지십년 만주십년 경찰백지 일자무식 문도깨비 유방백세(流芳百
世) 문형순!'

                              _김경훈 〈부당함으로 불이행〉 전문

설문대 할망이 메운 바다, 표선해수욕장

제주 최대 규모의 해수욕장

제주시에서 출발한 1132번 도로와 97번 도로가 만나는 지점에 표선이 있다. 1132번 도로는 제주의 동쪽을 돌아가는 일주도로이고, 97번 도로는 제주시에서 출발해 한라산 동쪽 중산간을 가로질러 표선에 닿는다.

비행기나 배를 타고 입도한 여행객들이 표선에 가기 위해서는 1132번 일주도로보다는 97번 지방도를 애용한다. 일주도로를 이용하면 두 시간 가까이 걸리는 시간이 97번 지방도를 이용하면 한 시간 안으로 단축할 수 있다.

시간도 그렇지만 이 도로는 제주의 중산간 풍경을 오롯이 느낄 수 있게 해 준다. 한라산 깊숙이 들어갔다 빠져나오는 5.16도로나 1100도로와는 다르다. 이 97번 도로의 이름은 동부산업도로였다. 이와 대칭점으로 제주시에서 출발해 한라산 서쪽 중산간을 가로질러 중문까지 가는 도로의 이름은 서부산업도로였다. 이름이 참 산업화스럽다.

표선해수욕장.
설문대 할망이 메운 바다라는 전설이 깃들어 있다.

산업화의 욕망을 고스란히 도로 이름에 드러내기도 쉽지는 않은 것인데, 그랬었다. 좀 너무 했다 싶었는지 어느 날 두 도로의 이름이 바뀌었다. 번영로와 평화로로 말이다. 동부산업도로와 서부산업도로에서 번영로와 평화로, 어떤가? 괜찮은가? 이름에 드러난 그 시대적 욕망의 변이가 이 두 도로에서 우리는 보게 된다.

표선만이 목적이고, 시간을 아끼고 싶다면 번영로를 선택하는 게 좋다. 그러나 우린 지금 제주도의 동쪽 일주도로를 돌고 있는 중이다. 성산 일출봉에서 광치기해변까지 왔다면 서쪽으로 일주도로를 따라가 보자. 30분 정도 천천히 길을 따라가다 보면, 왼쪽으로 광활한 해수욕장이 나타난다. 표선해수욕장이다.

왜 광활한이란 어휘를 골랐는지는 보면 안다. 성산 일출봉에서 표선까지 일주도로에서 보이는 해수욕장은 표선이 처음이기도 하거니와 그렇게 넓은 모래밭이 펼쳐지는 곳은 제주에선 이곳이 유일하다.

모래밭 면적만도 4만 8천여 평이다. 길이가 200미터가 넘고 가장 넓은 폭은 800미터에 이른다. 해수욕장이 넓기는 하지만 깊지는 않아서 밀물이 가득 몰려와도 수심이 1미터 내외다. 때문에 이곳은 사람들이 즐겨 찾는 곳이다. 해수욕장을 돌아가며 야영장이 마련되어 있고, 길 하나 건너면 제주민속촌과 표선도서관이 있다. 또 최근에 모 기업에서 운영하는 고급 호텔이 들어오면서 주변에 상가들이 형성되었다. 여름철만이 아니라 사시사철 사람들로 붐비는 곳이 되었다.

설문대 할망 전설이 깃든 표선해수욕장

표선해수욕장에서 우린 또다시 설문대 할망을 만난다. 맞다. 성산 일출봉을 오르면서 만났던 등경돌의 그 설문대 할망이다. 표선의 바

123

다는 아주 깊었다고 한다. 파도가 일기 시작하면 순식간에 커다란 파도가 몰려와 마을을 덮치기 일쑤였다. 사람들은 바다의 피해를 덜 받는 게 소원이었다.

그러던 어느 날 밤 천둥 치는 소리가 밤새 끊이지 않았다. 사람들은 밤을 꼬박 새우다시피 했다. 무섭게 들려오는 소리 때문에 감히 밖으로 나가서 소리의 근원을 확인해 볼 엄두도 내지 못했다.

날이 밝자마자 밖으로 나와 본 주민들은 마을에 있던 말과 소의 잔등이 다 부러지고, 도끼날이 다 무디어진 채 널려 있는 걸 발견했다. 해안가로 나가 보니 그 깊었던 표선 바다가 통나무와 바위로 다 메워져 있는 것이었다.

밤새 설문대 할망이 나무를 자르고 바위를 옮겨와 바다를 다 메웠던 것이다. 나무를 자르느라 도끼날이 다 무디어졌던 것이고, 나무와 바위를 실어 나르느라 마소의 잔등이 남아나질 않았던 것이다. 물론 마을에 있던 수레의 바퀴들도 다 빠져 있었다.

이렇게 해서 메꿔진 바다는 그 후 시간이 지나면서 모래들이 와서 쌓이게 되었고 지금의 표선해수욕장이 되었다. 물론 그러고 난 다음부터는 파도에 의한 피해가 나타나지 않았다.

사람들은 이 할망의 은혜를 기리기 위해 해수욕장 한쪽에 당을 짓고 음력 초하루와 보름에 제를 지냈다. 그 당이 아직도 남아 있는데, 설문대의 다른 표기인 세명주 할망당이 바로 그것이다. 표선해수욕장 바로 옆에 있는 포구를 당캐라고 하는데, 이 이름도 당이 있는 포구(개)라는 뜻으로 이해해도 무방할 것 같다.

시간이 된다면 세명주 할망당을 찾아보는 것도 좋다. 신당을 방문하는 것에 대해 주저하는 사람들도 많은데, 그것은 신당이 주는 독특

세명주 할망당.
당캐라는 지명이 여기서 유래되었다.

한 분위기 때문일 것이다. 그러나 세명주 할망당은 의외로 친근한 느낌이 들어 신당을 꺼려하는 사람들에게도 방문을 권해 볼만하다.

세명주 할망당은 표선 포구에 있는 해양파출소 뒤편에 있다. 기와지붕을 한 한 칸짜리 돌집이 있고, 그 집 둘레를 돌아가며 야트막한 돌담 울타리가 둘러서 있다. 문은 항상 열려져 있다고 했다. 안으로 들어가 보면 명주실을 두른 감실이 있고, 그 주위로 사람들이 갖다 놓은 과자며 술이며, 쌀 포대 같은 것들이 가지런히 정리되어 있다.

생각보다 깔끔하게 정리된 내부가 방문객들을 편안하게 해 준다. 관리가 이렇게 잘 되는 건 아직도 여길 이용하는 사람들이 많다는 뜻이다. 누군가 간절함을 갖고 찾아와 무릎을 꿇고 잠시 정신을 집중했던 곳. 우리도 잠시 눈을 감고 내가 소원하는 지점에 정신을 집중해 보자. 누가 알겠는가. 영험한 세명주 할망이 우리 소원을 들어주실지….

학교가 허락한 단 하루의 일탈, 해양훈련

나는 표선에서 중학교를 다녔다. 아침 일찍 2층 교실에 앉아 있으면 동쪽 바다 너머로 해가 솟아오르는 모습을 볼 수 있었다. 일출 사진을 찍는 작가들이 그렇게도 원한다는 오메가 모양의 태양을 처음 본 곳도 바로 그 교실 안에서였다.

그때는 아무 생각도 없이 그저 '해가 이제야 올라오는구나.' 했다. 아무리 좋은 광경이어도 보는 사람이 느끼지 못한다면 아무런 소용이 없는 법이다. 그러나 그 광경이 아직도 선명하게 내 머릿속에 남아 있는 걸 보면 뭐라고 딱히 설명할 수는 없었지만 나름대로 어떤 울림이 있었던 것 같기도 하다.

표선해수욕장은 중학생들의 해양훈련 장소이기도 했다. 이름을 훈련이라 했지만 전교생이 바다에서 노는 날이다. 당시만 해도 한 반에 60명 이상의 학생들이 있었고, 표선면에서 유일하게 있는 중학교여서 전교생 숫자가 천 명이 훨씬 넘었다.

그렇게 많은 학생들이 한꺼번에 들어가도 해수욕장은 널널했다. 그럼에도 우리는 한 지점 안에서만 놀았다. 이제 막 사춘기에 접어든 남학생과 여학생들을 한꺼번에 바닷속으로 들이밀었으니 이런 기회가 또 있겠는가. 학교가 허락한 단 하루의 일탈. 바다가 바글바글 끓었었다.

우리는 표선해수욕장의 품에 기대 사는 작은 것들

가끔은 학교가 끝나고 집으로 가는 버스 시간을 기다리며 해수욕장에서 놀았다. 교복 치마를 허벅지까지 걷어붙이고 물속에 들어가 트위스트를 추다 보면 맨발 발가락 사이로 뭔가 걸리는 게 있었다. 조개였다. 우리는 그렇게 잡은 조개를 집에 가져가기도 하고, 그냥 다시 바다로 돌려보내기도 했다.

물이 빠진 해수욕장은 넓고도 넓었다. 우리는 가끔 할 일 없이 그 너른 해수욕장의 이쪽 끝에서 물이 있는 저쪽 끝까지 천천히 걸어 보기도 했다. 물이랑이 유장하게 새겨진 모래밭에는 이름도 모르는 작은 게들이 뽀글뽀글 기어가고 저녁 준비를 하는 엄마처럼 새들이 부지런히 주변을 날아다녔다.

우리는 걷다가 싫증이 나면 새들을 쫓아 달렸다. 바닷바람이 가슴에 담겨 가득 부풀어오를 때쯤 도착하던 물가는 인자했다. 헉헉대며 달려오는 우리들을 멀리서부터 바라보며 가만히 기다려 주곤 했다.

손주를 바라보는 할머니 할아버지 같은 표정이랄까. 우리는 세상을 모르는 손주들처럼 물가에 닿자마자 다시 뒤돌아서서 뛰기 시작했다. 버스 시간이 얼마 남지 않았기 때문이다. 그렇게 뛰었어도 가끔은 버스를 놓치고 다음 버스를 기다려야만 할 때도 있었다.

작은 것들에게서도 감정이 쉽게 움직이던 우리들의 유년. 광활한 표선해수욕장에서 우리는 그 너른 품에 기대 사는 작은 것들이었다. 그 작은 가슴에 바닷바람을 담으며 우리의 품이 조금씩 넓어지고 있었다.

그리고 가끔은 바람결처럼 그런 얘기도 했었다. 발가락 끝에 걸린 게 조개가 아니라 정체불명의 뼈 같은 것이었다는… 그리고 그 뒤를 이어 혹시 그때 죽은 누군가의 뼈마디가 아닐까 하는 말은 목소리를 최대한 낮추고도 다 끝맺지 못하곤 했었다.

그랬다. 가장 아름다운 곳은 가장 죽음이 많은 곳이라 했다. 일주도로를 타고 오다 우리가 여기서 발을 멈춘 이유, 가장 아름다운 곳이어서이기도 하지만 가장 많은 죽음이 있는 곳이기 때문이기도 하다.

가시리, 세화리, 토산리 주민들이 집단 처형된 곳, 한모살

표선해수욕장의 그 광활한 모래밭은 사람들을 처형하기에도 좋은 곳이었다. 4.3 당시 표선면사무소에는 육군 2연대 1대대 2중대의 1개 소대가 주둔해 있었다. 면사무소 앞에 움막을 지어 유치장으로 활용하면서 수시로 사람들을 표선해수욕장으로 끌고 가 총살했다. 지금은 해수욕장을 벗어난 모래밭 한쪽, 한모살이라 불리는 곳이었다. 세화리, 가시리, 토산리 주민들이 집단으로 처형되었다. 1948년 12월 15일부터 1949년 2월 1일까지 표선면 관내 사람들 234명이 이곳에서 희

표선해수욕장.
1948년 12월 15일부터 1949년 2월 1일까지 표선면 관내 234명이 이곳에서 희생되었다.

생되었다. 이들 뿐만이 아니라 이웃 남원면의 의귀리, 한남리, 수망리 등 중산간 마을 주민들도 이곳에서 집단학살되었다.

표선해수욕장에서 일주도로를 따라 서귀포 쪽으로 10분여 가다 보면 남원읍과 표선면의 경계지점에 토산마을이 있다. 바다에 접한 마을을 알토산이라고 하고 봉수대를 두고 망을 보던 오름이라는 뜻의 망오름을 가운데 두고 중산간 쪽에 자리한 마을을 웃토산이라 한다.

토산은 천여 년 전에 부씨 성을 가진 사람들이 들어와 마을을 일구었다고 전해진다. 오래된 전설이 마을 곳곳에 서려 있고 고종달도 끊지 못한 거슨새미와 노단새미 샘물이 아직도 망오름 중턱에서 솟아나는 평화롭고 유서 깊은 마을이다.

그러나 그렇게 오래된 마을도 4.3의 광풍을 피해 가지 못했다. 1948년 12월 17일. 소개령으로 웃토산 사람들이 알토산 절간고구마 창고에 내려와 있었다. 군인들은 웃토산 주민들과 알토산 주민들을 향사에 집합시켰다.

달을 쳐다보라는 의미, 20세 미만의 여자들

두려움에 떨며 모여 있는 사람들 중에서 18세 이상 40세 이하 남자들을 먼저 골라냈다. 그리고 여자들에게는 달을 쳐다보라고 했다. 1948년 12월은 음력과 양력 날짜가 한 달을 차이로 같았다. 보름달이 휘영청 밝은 저녁이었다. 이 뜬금없는 명령의 의미가 무엇일까. 의아해하면서도 일부는 명령대로 달을 쳐다보고, 일부는 감히 얼굴을 못 들고 고개를 숙이고 있었다.

고개를 숙이면 숙인 대로, 고개를 들면 든 대로, 군인들은 20세 미만의 여자들을 골라냈다. 그리고 그들을 표선국민학교에 수용했다. 이어 18일과 19일 이틀에 걸쳐 모두 표선해수욕장으로 끌고 나와 처형했다. 일주일 뒤에 처형된 스무 살 미만의 여자들은 모두 합쳐 125명이었다. 죽음의 이유는 어디에도 없었다.

달빛에 비친 얼굴을 보며 골라내었던 스무 살 미만의 여자들, 일주일의 시차를 두고 처형되기까지 그녀들은 어떤 일을 겪었던 것일까. 달빛에 비친 얼굴을 보며 '너 나와' 명령을 하던 사람들은 제주에 홀로 내려와 있던 남자들이었다. 그렇다면 그다음 어떤 일이 있었는지는 말을 하지 않아도 다 짐작이 된다.

차마 말로 전하지 못하는 얘기들은 생략하기로 하자. 혼란의 시기에 가장 먼저, 가장 많은 피해를 당하는 것은 약자들일 수밖에 없다. 그 약자에 포함된 여자들에게 4.3은 너무나 혹독한 시련이었다. 상상을 초월하는 방법으로 수난을 당했던 사례들이 여기저기 증언이 되고 있지만 나는 여기서 그 이야기를 다시 전할 자신이 없다. 토산에서도 그 사례들 중 하나의 이야기가 전해지고 있다는 사실만 간신히 기록할 뿐이다.

음력 11월 17일과 18일, 명절처럼 집집마다 제사를 지내는 마을

우리 집은 음력 11월 17일 할아버지 제사를 지낸다. 작은댁에서도 같은 날 제사가 있다. 대가 끊긴 집으로 양자를 간 작은아버지가 모시는 제사도 그날 돌아가신 분이다. 골목마다 친구들이 있던 우리들은 너 나 할 것 없이 음력 11월 17일과 18일에 제사를 지냈다. 같은 날 제사를 두세 군데 지내야 하는 친구들도 있었다. 밤에 지내는 명절 같았다.

18세 이상 40세 미만, 그 역사의 올가미에 걸리셨던 우리 할아버지는 사 형제를 남겨 두고 그렇게 표선해수욕장에서 돌아가셨다. 사 형제 중 첫째였던 나의 아버지는 당시 아홉 살이었다. 하루아침에 이유도 모른 채 아버지를 여의어야 했고, 하루아침에 가장이 되어야 했다.

그렇게 젊은 남자들이 다 사라지고 난 마을은 여자들과 노약자들뿐이었다. 한때 '무남촌'이라 불리던 마을에 남아 있는 사람들 삶이 어떠했겠는가. 그래도 '살암시민 살아진다.'는 진리를 가슴에 품으며 사람들은 살았다. 그렇게 살다 보니 이제 사는 것처럼 살게 된 것도 같은데….

내 할아버지가 표선해수욕장에서 돌아가셨다는 사실을 인식한 것은 내가 대학을 졸업하고도 한참 지난 후의 일이었다. 알려 주지도 않았지만 알려고도 하지 않았다. 이미 우린 억눌린 상태로 너무 많은 시간을 보내왔다. 무관심은 어느덧 유전자 속에 포함되어 내 몸 깊숙이 파고들어 있었고, 나는 그 유전자를 고스란히 받들어 시간을 보내고 있었다.

할아버지가 표선해수욕장에서 돌아가셨다는 사실을 알고도 딱히 내가 할 수 있는 것은 없었다. 아니 내가 할 수 있는 걸 찾아보지 않았다. 이미 많은 사람들이 4.3의 진상을 규명하기 위해 자료를 수집하고 증언을 채록하면서 여러 가지 일을 해 내고 있는데도 나는 무심하게 시간을 흘려보내고 있었다. 그러다 문득, 내 할아버지가 곧 4.3이구나 하는 생각을 했을 때, 이미 내 주변에는 할아버지 얘기를 전해 줄 사람이 아무도 계시지 않았다.

표선해수욕장에서는 토산 사람들만 집단학살당한 것이 아니었다. 1948년 12월 17일에는 토벌 가자는 군인들의 명령에 따라나섰던 세화리 청년 16명이 이곳으로 끌려와 한꺼번에 총살당하기도 했다. 총살을 당한 것은 오히려 다행이었다. 표선리에 있는 젊은이들을 중심으로 민보단이 조직되어 있었는데, 총알이 아까웠는지 민보단 조직원들에게 철창으로 사람들을 찔러 죽이도록 명령했다. 같은 표선면 사람들이면 한 사람 건너 누가 누군지 다 알고 있는데, 어제의 친구였던 사람, 먼 친척뻘 되는 사람, 어디선가 얼굴이 마주쳤던 사람들을 철창으로 찔러 죽이고, 그 철창에 찔려 죽어야 했던 것이다. 사람의 잔인성이 어디까지인지 그 끝을 보려는 듯 잔악한 행위들이 이어졌다. 그렇게 표선해수욕장에서는 하루도 거르지 않고 사람들이 죽어나갔다.

제3부

전 세계적으로 희귀한 크립토돔을 품에 안은 마을,
노형, 북촌 다음으로 희생자가 많았던 마을,
단단하게 응어리진 역사의 슬픔을 딛고 핫 플레이스로 거듭나는 마을.

제주여행의 핫 플레이스, 가시리

유채꽃, 벚꽃, 그리고 안개, 녹산로 벤다이어그램의 교집합

허허로운 마음을 뭔가 든든한 것으로 채우려면 가시리를 가야 한다. 요즘 가시리는 제주를 여행하는 사람들이 가장 선호하는 곳 중 하나다. 이른바 핫 플레이스다. 사람들 관심이 어디에 있는지 정확히 알고 있는 것처럼 마을이 변신을 거듭하고 있는 곳이다.

언제 먹어도 든든하고 맛있는 흑돼지 순대국밥이 있고, 해마다 봄이면 유채꽃 축제가 벌어지는 유채꽃길이 조성되어 있다. 거기다 우리나라에서는 유일하게 마을에서 설립하여 운영하는 조랑말 체험 박물관이 있다. 예로부터 최고의 제주 말을 길러내던 갑마장으로서의 위력을 되살려 갑마장 길을 개장했다. 오름의 여왕이라는 따라비오름을 포함해 10개 이상의 오름을 가진 마을이기도 하다. 거기다 우리나라 유일, 아니 세계에서도 몇 안 되는 크립토돔, 행기머체와 꽃머체가 있는 마을이다.

어디를 가 보고, 어디부터 가라고 권하기가 쉽지 않다. 나름대로 독

녹산로 유채꽃길.
유채꽃 축제가 펼쳐지는 봄이면 인생샷을 얻으려는 여행객들이 밀려든다.

특하고 신기하고 의미가 있는 곳들이다. 당신의 여행이 4월초, 유채꽃 필 무렵이라면 단연 녹산로를 거쳐야 한다. 가시리 사거리에서 시작해서 제동목장 입구 교차로까지를 녹산로라 하는데, 봄이면 이 길 전체에 유채꽃이 핀다.

겨울로 접어들 무렵 마을에서 길 양옆으로 유채꽃씨를 파종해 둔 것이다. 그러면 봄이 오는 순서대로 꽃이 피어나고, 제주의 대표적 축제의 하나인 유채꽃 축제가 여기서 펼쳐지는 것이다. 최근에는 이 길 옆에 3만여 평 규모의 유채꽃밭을 따로 조성해 놓아 인생샷을 즐기려는 여행객들이 끝도 없이 밀려든다. 코로나가 발병한 2020년 봄에는 사회적 거리두기를 해야 함에도 불구하고 사람들이 몰려들어 어쩔 수 없이 유채꽃밭을 갈아엎은 적도 있었다.

유채꽃만으로도 길이 장관을 이루는데 여기다 사람들은 벗나무를 또 심었다. 길 양옆으로 노란 유채꽃이 피고, 그 위로 분홍빛 살짝 도는 벚꽃이 피면 그야말로 길은 환상적이다. 제주에서 벚꽃이 피는 시기는 3월말 4월초, 흔히 비유하듯 벚꽃의 개화 기간은 '3일 천하'에 그친다. 유채꽃은 개화 기간이 벚꽃에 비해 긴 편이어서 벚꽃 개화 시기에 맞추어 이곳 녹산로를 찾으면 두 가지 꽃이 한꺼번에 핀 광경을 만나 볼 수 있다.

이 기간을 맞추기가 그리 쉬운 건 아니지만, 누가 알겠는가. 3대가 정성을 들여야 볼 수 있다던 오메가 일출도 심심찮게 볼 수 있는데, 날짜 계산을 잘 해서 여행 일정을 짜면 3대가 모아 놓은 행운이 내게 덜컥 떨어질지….

그러나 아직 끝난 건 아니다. 두 개의 집합이 겹치는 그 정도로는 어디 가서 특별한 감동을 말할 수 없다. 집합 A, B, C 세 개가 필요한 벤

다이어그램이 한꺼번에 겹치는 부분, 그 지점을 노려야 한다. 녹산로에 가득 낀 안개. 아름다움의 대미를 장식할 우리들의 세 번째 집합 C다.

상상해 보자. 노란 유채꽃이 길 양옆을 가득 메우고 그 위로 하늘을 배경으로 피었던 벚꽃이 하나 둘 꽃잎을 날리는 순간, 빗방울 가득 머금은 꽃들 위로 몽환적인 안개가 천천히 흘러 들어왔다 어느 순간 또 흘러 나간다.

제 몸에 난 경계선 지우며 안개 속으로 숨었다가 제 형체를 찾아 돌아와 있는 꽃들. 꽃들과 대면한 사람들이 감탄사를 쓰기도 전에 다시 안개 속으로 숨기를 반복한다. 그럴 때면 나도 내 몸의 굴곡을 다 지우고 경계를 허물어 안개가 되고 싶어진다. 아니 안개 속 너머의 그 어느 곳에 발을 들여놓고 싶어진다. 거기가 바로 우리가 알고 있는 무릉도원. 바로 그곳이지 않을까.

고사리장마 기간을 골라…

그렇다면, 이 벤다이어그램의 교집합. 그 시기를 잘 골라야 한다. 다행히도 제주에는 고사리장마라는 게 있다. 겨울바람이 사그라지고 봄 햇살이 나기 시작하면 겨우내 뿌리만 남았던 고사리도 새순을 올린다. 고사리는 물을 많이 먹는 식물이다. 적당한 습기가 주어진다면 하루에도 30센티미터 이상 자라는 식물이다. 그런데 이때가 되면 자연은 신기하게도 고사리가 좋아하는 날씨를 만들어 준다. 3월 말부터 4월까지, 마치 여름 장마처럼 며칠이고 비가 이어지는 것이다.

이때를 제주에서는 고사리장마라고 하는데, 시도 때도 없이 비가 오고, 비가 그치면 안개가 낀다. 유독 녹산로는 안개가 자주 끼기로 유명하다. 벚꽃 피는 시기를 잘 골라 녹산로를 찾는다면, 당신이 방문한

가을 따라비.
화가의 곡선미 못지않은 분화구 굴곡을 따라 억새가 멀미일 듯 일렁인다.

그 시기에 벤다이어그램의 교집합이 만들어질지도 모른다는 얘기다. 날짜를 잘 골라 보시도록.

가을 여행의 대미, 가시리 따라비오름

당신의 가시리 방문이 가을이었다면 따라비오름을 올라야 한다. 오름의 여왕이라는 별칭은 그냥 붙는 게 아니다. 제주의 여느 오름이 다 그렇듯, 숨이 가빠질 무렵 머리를 내어 주는 정상은 따라비오름도 예외는 아니다.

가을에 따라비를 올라야 하는 것은 정상에 올라서면 알게 된다. 서쪽으로 멀리 한라산이 보이고, 주변의 대록산, 소록산은 물론 갑마장 길도 훤히 내려다보인다. 어디를 둘러봐도 막히지 않는 시야, 눈앞이 환해진다.

그리고 제주 오름의 아름다움은 역시 곡선미. 세 개의 분화구를 가진 오름, 그 굴곡의 실루엣은 어느 화가의 곡선미 못지않다. 거기다 가을바람에 몸을 맡긴 하얀 억새의 물결을 바라보고 있으면 어질어질 멀미가 날 것만 같다.

세 개의 분화구를 형성하면서 만들어진 오름의 곡선을 따라 걷다 보니 사람들의 발자국에 발자국을 또 포개면서 자연스럽게 오솔길이 나 있다. 마치 누군가 능선을 따라 선을 그어 놓은 듯, 억지 부리지 않고 능선의 높낮이에 순응하며 이어진 길을 멀리서 조망하노라면 순간 마음이 편안해진다. 목젖까지 올라온 억지와 긴장을 여기서는 다 내려놓아도 좋을 듯하다.

제주 오름에는 원래 이렇게 나무가 없는 게 맞다. 예로부터 마소를 방목했기 때문에 풀이 자라는 대로 마소의 먹이가 되었고, 자연히 나무들도 많이 자라지 않았다. 대신 땅속에서 단단하게 뿌리를 내리는 식물이 많았다. 띠, 억새들이 나무보다 다 단단하게 땅을 붙들어 웬만한 비에도 흙을 흘려 보내지 않았다. 비만 오면 산사태를 걱정해야 하는 육지의 여느 산과는 확연하게 차이가 나는 지점이다.

그러나 제주 오름의 이런 특징을 다 무시하고 60년대, 70년대를 거치면서 산림녹화 사업이 육지에 이어 제주에도 시행되어졌다. 조급한 실적주의 때문에 토양이나 환경을 무시하고 단순히 빨리 자라는 수종이 선택되어 심어졌다. 당시 제주 오름에 심어진 대다수의 나무는 삼나무와 소나무다. 특히 삼나무는 쑥쑥 큰다는 의미에서 숙대낭이란 이름이 붙을 정도로 빨리 자랐다. 바람 많은 제주에서 귤나무 과수원 방풍림으로 시작한 삼나무 식재가 오름으로까지 이어진 것이다. 나무가 빼곡이 자라는 오름을 자세히 보면 같은 수종이 줄을 지어 자라고 있는 걸 보게 된다. 다 산림녹화 사업으로 심어진 나무들이다. 덕분에 오름의 곡선미는 다 사라져 버렸다.

따라비오름은 다행스럽게도 무지막지한 산림녹화 사업의 손아귀에서 벗어난 오름이다. 그러나 마소의 방목이 끊긴 지금, 바람에 날아온 나무들이 자라면서 오름의 곡선미를 해치고 있다. 곡선미만이 아니라 정상에 서면 시원하던 시야마저 가리고 있는 실정이다. 바람에 실려 와 자라는 나무들에게까지 오름의 곡선미와 우리들의 시야를 보장하라고 할 수는 없겠지만 하나씩 사라져 가는 풍경이 아쉬운 건 사실이다.

제주산 흑돼지를 재료로 하는 두루치기, 순대국밥, 몸국

우리가 표선해수장에서 가시리 쪽으로 방향을 바꾼 것은 허전한 속을 채우기 위함이었다. 역시 금강산도 식후경이듯, 가시리 구경도 일

단 먹고 시작해야 하는데, 너무 많이 돌아다녔다. 가시리에는 식당이 많다. 해안선에 있는 마을에 형성된 상권과는 별개로 독자적인 상권을 형성한 곳이다.

중산간 지역에서 일하는 농부들이나 근처를 오가는 사람들이 해안 마을까지 가서 밥 먹기에는 너무 멀다는 불편함을 해소시키면서 형성된 상권이다. 거기다 가시리마을 식당의 활성화는 그들만의 독특한 메뉴 개발도 한몫을 했다. 제주산 흑돼지를 재료로 하는 두루치기, 순대국밥, 흑돼지 구이들이다.

나는 미각이 정말 무딘 편이다. 아무리 맛있다고 하는 것도 마트에서 파는 거나, 유명 셰프가 만든 거나 다 똑같이 느끼는 편이다. 양만 많으면 좋고, 배만 부르면 된다. 그럼에도 불구하고 가시리 식당에 가서 순대국은 꼭 먹어 봐야 한다는 주의다.

선지와 메밀가루가 들어간 순대와 머릿고기, 내장을 잘게 썰어 넣고 때론 무, 무청, 모자반을 그때그때 되는 대로 넣어서 푹 끓여 낸 순대국, 메밀가루를 살짝 풀어 걸쭉하게 끓여 낸 순대국은 정말 일품이다. 물론 꿉꿉한 돼지고기 냄새도 양념으로 살짝 곁들여야 한다. 이 순대국은 따로 주문을 해야 주는 게 아니라 밥을 시키면 언제든 따라 나오는 것이다. 먹다 모자라면 얼마든지 더 달라고 해도 되는….

제주 화산섬의 증거, 행기머체

지금까지 얘기한 것들도 전 세계 어디를 내놔도 손색이 없는 것들이지만, 가시리에는 더 특별한 뭔가가 하나 더 있다. 화산섬 제주를 증거하는 것들 대부분은 오름이거나, 사계의 용머리해안, 수월봉, 만장굴 정도를 가야 한다고 생각하지만, 가시리에는 우리나라에서는 유일

행기머체.
동양 유일의 크립토돔이다.

행기머체 표면.
거북이 등껍질처럼 불규칙하게 갈라져 있다.

하고, 전 세계적으로도 희귀한 크립토돔이 있는 마을이다. 그런데 우리는 그렇게 귀하고 신기한 것을 모르고 그냥 지나쳐 버리기 일쑤다.

유채꽃 축제가 열리는 그곳, 조랑말 체험 박물관 초입에 커다란 바위 위에 나무들이 자라는 곳이 있다. 작은 팻말 하나가 세워져 있어서 들여다보면 '행기머체'라는 낯선 이름이 쓰여 있다. 녹산로 바로 옆에 있어서 자동차를 타고 오가는 사람들도 다 볼 수 있는 위치에 있다. 그러나 그렇게 보면서도 사람들은 그게 세계적으로 희귀한 크립토돔이라는 것을 모르고 그냥 치나쳐 버리기 일쑤다. 내가 그랬다는 말이다.

숲이 정비되면서 드러난 크립토돔을 보면서도 약간 특이한 곳이구나 하는 생각이 전부였다. 평지에 누군가 떨어뜨린 구슬처럼 커다랗고 둥그스름한 바위가 땅속에 반쯤 파묻혀 있다. 그 위에 곶자왈에서나 자람직한 나무들이 울울창창 작은 숲을 이루고 있다. 우연한 기회에 그 앞에 가 보고 나서야 그걸 사람들은 행기머체라고 부른다는 사실을 알았다. 놋그릇을 뜻하는 행기에 돌무더기를 뜻하는 머체의 합성어다. 돌무더기 위에 놋그릇에 담긴 물처럼 고인 물이 있다는 뜻이란다.

흙속에 갇혀 터지지도 못하고…

정상에 실제로 물이 고여 있는지 확인은 할 수 없었지만 그 커다란 바위를 가르며 뿌리를 내리는 나무들을 보느라면 그 바위 속 어딘가에는 분명 물줄기가 있을 것이고 물의 냄새를 맡은 나무 뿌리들이 그 물길에 촉수를 대고 있음이 분명할 것 같다. 바위 표면이 거북이 등껍질처럼 불규칙적으로 갈라져 있다. 안에서 응축된 어떤 힘이 밖으로 막 터져 나오려고 하는 순간, 단단하게 속을 감싸고 있던 표면에 생기는 균열 같다.

이 행기머체의 지질학적 용어는 크립토돔이다. 화산이 폭발할 때 지하에서 형성된 용암 덩어리다. 흙속에 갇혀서 터지지도 못하고 응축되었던 힘이 바위의 표면을 그렇게 갈라 놓았던 모양이다. 그렇게 흙속에서 둥그란 모양으로 식어 가던 용암 방울이 시간이 가면서 서서히 지상으로 돌출되었던 것이다. 이런 크립토돔은 우리나라에서도 유일할 뿐 아니라 전 세계적으로도 희귀한 것이라고 한다. 화산이 만든 제주의 진면목이 여기 가시리에서 또다시 증명되는 것이다.

제주를 여행하는 방송에 참여하면서 이곳을 찾았던 과학커뮤니케이터 이독실 씨는 프로그램의 말미에 가장 인상 깊었던 제주여행지로 이 크립토돔을 꼽았다. 제주를 화산섬의 시각으로 여행해 보자는 취지에서 출연하였던 그였으므로, 이곳의 진가를 놓칠 리 없었던 것이다. 평소 세계 유명 화산지를 여행하면서 다양한 화산 활동의 결과물들을 확인하였던 그에게도 이곳은 그만큼 특별한 곳이었다.

가시리 주민 420여 명이 희생되었던 4.3

태어나 보니 주어져 있는 게 자연적 환경이라면 살아가면서 만들어 가는 게 문화적 환경이다. 가시리 사람들은 주어진 자연환경을 감사하게 받고 또 그걸 적절히 활용하여 독특하고 아름다운 문화적 환경을 만들어 내었다. 그러는 와중에 마을 주민들의 삶의 질은 높아졌고, 인간과 자연이 공존 공생하는 마을로 거듭날 수 있었다.

그런데 이 마을은 4.3 사건을 그 어떤 마을보다도 더 혹독하게 겪어야 했다. 노형리(538명), 북촌리(446명) 다음으로 421명의 희생자를 낸 마을이기도 하다. 해안가로부터 5km 이상에 있는 마을은 모두 소개하

버들못 자리.
1948년 12월 21일 90여 명의 가시리 주민들이 집단학살되었다.

라는 국방경비대 제9연대장 송요찬의 포고문으로 마을은 폐허가 되었다. 초토화작전이 마을을 덮친 것이다. 하루아침에 터전을 잃은 사람들은 표선과 토산으로 내려갔다. 그러나 거기에도 죽음이 기다리고 있었다.

1948년 12월 21일. 수용되어 있던 사람들을 학교 운동장에 집결시켜 놓고 가족과 호적을 비교하며 가족 중 빠진 사람이 있는지를 조사했다. 그리고 15세 이하와 여자들을 제외한 90여 명을 끌어냈다. 그리고 이튿날 그들은 집단학살되었다. 표선에서 가시리 가는 길. 지금은 변전소가 들어선 인근 버들못이라는 곳에서였다. 여기서도 경찰은 민보단원들에게 죽창으로 사람들을 찔러 죽이라 했다. 이런 죽음이 표선백사장은 물론이고 도처에 널려 있던 마을이었다.

가시리는 1949년 5월에 재건되었다. 그러나 돌아온 사람들은 얼마 되지 않았다. 겨울을 나는 동안 4백여 명 이상의 사람들이 마을로 돌아오지 못한 것이다. 죽었는지 살았는지 생사를 알지 못하는 사람들이 있었고, 죽은 사람들은 왜 죽었는지 알지 못했다. 그러나 그들은 슬픔과 아픔만을 부여잡고 있지는 않았다.

꾹꾹 눌러 담은 슬픔 위로 부르던 노래

70여 년 만에 수형인생존자 재심청구 재판에서 공소기각 판결을 받아 내며 사실상 무죄를 선고받은 박춘옥 할머니는 '박연폭포'를 구성지게 불렀다. 이유도 모른 채 두 살 배기 아들과 함께 태워졌던 배가 닿은 곳에서 최종 목적지는 전주형무소, 거기서 1년 정도 지내는 동안에도 노래자랑에는 꼬박꼬박 참여했었다며 웃음 짓던 할머니셨다.

그 노래에 즐거움과 흥겨움만이 있었을까. 한숨으로도 다 풀지 못

박춘옥 씨.
수형인생존자 재심청구 재판에서 2018년 9월 공소기각 판결을 받아 내었다.

하는 가슴 속엣것들을 할머니는 노래에 담아 조금씩 풀어내었을 것이다. 할머니만이 아니라 그 혹독했던 시간을 보내고 천운으로 목숨을 부지하고 집으로 돌아온 사람들은 또다시 호미와 낫을 들고 삶을 일구기 시작했다. 슬픔을 슬픔으로만 인식하고 받아들이다 보면 주저앉은 자리에서 한 발짝도 앞으로 나갈 수 없음을 사람들은 본능적으로 깨달았을 것이다.

꾹꾹 눌러 담은 슬픔 위로 노래를 부르고, 밤마다 무섭도록 조여 오는 상실의 아픔 위로 밭을 갈고 꽃을 심었다. 흥건했던 주검 위에도 새 삶이 돋아나기 시작했다. 하루가 가고 이틀이 가고, 일 년이 가고 십 년이 가는 동안 주변의 암석과 퇴적층 다 떨쳐내고 지상으로 분출한 크립토돔처럼 가시리 사람들은 오늘의 마을을 만들어 냈다. 우리나라에서 가장 아름다운 길과 가장 아름다운 오름과 가장 아름다운 음식을 만들며 사람들이 부러워하는 마을을 일궈 낸 것이다.

제주를 여행할 땐 보이는 아름다움 너머에 있는 아픔과 슬픔의 감정을 느낄 수 있어야 한다. 가시리마을에서도 마찬가지다. 아름다운 유채꽃 길을 지날 때, 오름의 여왕 따라비에서 멀미날 듯 바람에 흔들리는 억새들을 만날 때, 걸쭉한 순대국밥을 뜰 때에도 이 마을 사람들이 어떻게 여기를 지켜 왔고, 어떻게 여기까지 올 수 있었는지 다시한 번 생각해야 할 것이다.

순백의 영혼들이
동백꽃보다 더 붉게 스러져 간 곳, 정방폭포

서귀포는 물의 도시다

서귀포는 물의 도시다. 아니 제주도에 웬, 물의 도시? 하는 사람들이 있겠지만 이건 사실이다. 웬만한 사람들은 제주의 하천이 건천이라는 사실을 다 안다. 그런데 이건 일부만 맞는 말이다. 서귀포에는 사시사철 물이 흐르는 하천이 많다. 솜반천이 그렇고, 동홍천이 그렇고, 서쪽으로 가면 강정천과 중문천, 더 서쪽으로 가면 논짓물에 닿는 대왕수천이 시원한 물소리를 내며 바다에 닿는다.

서귀포 지층에는 물이 잘 스며들지 못하는 불투수 지층이 광범위하게 깔려 있다. 비가 내려 땅속으로 스며들지 못한 물들이 하천으로 모여든다. 한라산에서 땅속으로 스며들었던 물이 서귀포 지역까지 오면 땅 위로 솟아 나와 빗물과 함께 흐른다. 작은 개울을 건너기도 하고 뚝 끊긴 절벽을 뛰어내리기도 하면서 흘러가는 물은 생명의 원천이 되었다. 숲을 키우고 숲에 깃들어 사는 생명들을 키우고, 사람들을 길러 냈다.

서귀포 걸매생태공원.
서귀포에는 사시사철 물이 흐르는 하천이 많다.

덕분에 서귀포에서 나고 자란 아이들은 제주의 하천이 건천이라는 사실을 잘 모르고 산다고 한다. 고등학생이나 대학생이 되면서 제주시로 나와서야 비로소 바짝 마른 제주의 건천을 보고 놀라는 경우가 많다고 한다.

제주는 섬 하나에 산 하나다. 남북으로 짧고, 동서로 길다. 좀 더 관심을 가져 본다면 남북으로 경사가 가파르고 동서로 완만하다. 이것은 남북으로 하천이 발달하고 동서로 곶자왈이 발달해 있는 지형을 일컫는다. 서귀포 지역에 폭포가 몰려 있는 이유도 여기에 있다. 급한 경사지형의 하천을 따라 물이 흐르다 절벽을 만난 게 바로 폭포인 것이다. 정방폭포, 천지연폭포, 천제연폭포, 제주여행의 필수코스 중 하나인 곳들이 다 서귀포에 몰려 있다.

특히 이 세 개의 폭포는 제주관광의 역사와 괘를 같이한다. 이국적인 제주도, 유채꽃, 신혼여행, 단체관광… 이런 단어들과 같이했던 제주관광의 역사에 이름을 나란히 했던 곳이다. 지금도 이곳은 제주여행에서 빠질 수 없는 곳이다. 신혼부부들을 가득 태운 버스들 대신, 동호인들로 채워진 버스가 오가고, 부부와 연인, 가족들끼리 함께 탄 랜트카들이 주차장을 메운다.

나를 우주의 중심에 놓고 세계를 느껴 보라

예전과 달라진 게 있다면, 사람들의 발걸음이 좀 더 느긋해진 것이라고 할까. 정방폭포의 계단을 오르내리는 사람들 숨소리가 거칠지 않다. 길게 이어신 산책로를 따라 천제연폭포 앞까지 걸어가는 사람들의 발걸음에도 여유가 묻어난다. 가다가 좋은 그늘을 만나면 그 그늘 속에서 바람을 느껴 보기도 하고, 앉아서 좀 더 여유를 느껴 보고 싶다 싶은 곳에는 의자를 배치해 놓았다.

　사람들은 가던 길 멈추고 앉아 나를 우주의 중심에 놓고 세계를 느껴 본다. 그늘 아래 피어 있는 꽃 한 송이, 나뭇잎을 비집고 들어오는 하늘 한 자락, 내가 바라보고 인식하는 모든 것들이 한껏 너그러운 표정을 짓고 있음을 느낀다. 여행이 특별한 것이 아닌, 일상에서 누리는 사람들이 가질 수 있는 여유다.

　세 개의 폭포를 다 가 보고 싶지만, 우리는 정방폭포에 집중할 것이다. 정방폭포를 찾는 것은 비석거리 교차로에서 시작한다. 일주도로를 타든, 5.16도로를 타든 통과하게 되는 비석거리 교차로에서 정방연로를 찾아 들어간다. 바다 쪽으로 급하게 내려간 길을 조심스럽게 달리다 보목입구 교차로에서 우회전해서 정방교를 지나면 왼쪽으로 서복공원이 나타난다. 오가는 차들을 조심하면서 천천히 좌회전해서 서복공원 주차장에 차를 댄다.

　제주도 어느 한 곳, 아름답지 않은 곳이 있겠는가 마는 그중에서도 서귀포는 정말 매력적인 도시다. 제주도에서 나고 자라고, 고향이 서귀포시 표선면 사람인 나조차도 서귀포의 아름다움에 넋을 잃게 되는 경우가 많다. 그중에서도 여기, 서복공원 일대, 서쪽으로는 바다의 광활함을 가슴으로 끌어안은 자구리 공원이 있고, 동쪽으로는 정방폭포에 이어 소정방으로 이어지는 해안가.

　아름다움이 무엇이냐 라고 누군가 묻는다면, 서귀포 자구리 공원에서 소정방까지 걸어 보시라, 아니면 소정방에서 자구리해안까지 걸어 보시라. 대답하고 싶어진다.

　파란색의 극점을 보이며 햇살을 산란시키는 바다, 파란색에서 파생된 하얀색 파도, 바다향과 솔향이 적절히 배합된 바람, 복잡한 일

서귀포시 자구리 공원.
여기서는 헨리 데이빗 소로처럼 어슬렁거려도 좋을 것이다.

정 다 지우고 하루쯤, 내 몸이 바다처럼 파란색이 될 때까지, 내 몸에 바다향과 솔향 진한 바람이 가득 찰 때까지 어슬렁거려도 좋을 것이다. 마치 헨리 데이빗 소로가 콩코드 교외를 지나 호수까지 어슬렁거리며 자신의 감각에 빠져들었던 것처럼 말이다. 내가 누구인지, 여기가 어딘지를 잊어버릴 때까지, 우리도 소로처럼 어슬렁거려도 좋을 것이다.

들어오고 나감이 결국 영에 수렴되는 조화

서복공원 주차장에 차를 세우고 동쪽으로 작은 길을 걸어 걷다 보면 정방폭포로 내려가는 계단이 보인다. 사람 손이 많이 간 노송이 계단입구에서 바다 쪽으로 길을 안내한다. 오래된 것들에게는 그들 특유의 느낌이 있다. 시간의 층위가 주는 느낌은 아무리 현대적 감각과 기술력으로 만들어 보려고 해도 안 된다.

오래된 계단, 그 계단 구석에 뿌리내린 오래된 풀포기, 오래된 나무, 오래된 나무 사이로 언뜻언뜻 비치는 바다, 태고의 시간을 밀어올리며 부서지는 파도. 정방폭포는 그 입구부터 이런 시간의 층위를 고스란히 보여 주며 여행객들을 압도한다.

계단은 해안가에 자생하는 숲길까지 내려서서야 끝이 났다. 숲 터널로 사람들이 오간다. 자연의 공간 분배는 완벽하다. 큰 나무와 키 작은 식물, 그 사이 중간계층의 식물들이 서로 잘 어울려 산다. 서로서로 내민 가지와 잎사귀 사이로 바람이 지나갈 만큼, 햇살이 들어오고 나갈 만큼 여백을 남길 줄도 안다. 새 순이 급한 속도로 공간을 채우기 시작하면 오래된 가지 하나 툭 부러져 어린 생명의 자리를 만들어 준다. 들어오고 나감이 결국 영(零)에 수렴되며 조화를 이루어 낸다.

인공물이 자연에 가미되기 시작하면 영(零)에 수렴되었던 조화가 깨진다. 그러나 이런 인공물들도 오래된 것들은 결국 자연에 귀속되어 영(零)에 가까워지는 것, 정방폭포 가는 길은 인간이 만든 길임에도 불구하고 전혀 어색하지가 않다. 오랜 시간이 흐르는 동안 자연은 길에서 풍기던 인공의 냄새 다 지우고 바람의 냄새, 바다의 냄새 진하게 배어들게 했던 것이다.

추락의 순간, 그 지점에서 바라보는 세상은 어떤 모습일까

정방폭포의 최초 선전문구는 '바다로 직접 떨어지는 동양 최대의 폭포'라는 것이었다. 덜컹거리는 버스를 타고 나선 6학년 수학여행 길에서 나는 정방폭포를 처음 만났다. 바다로 직접 떨어진다고 했지만, 폭포가 직접 바닷물과 만나는 것도 아니었고, 동양 최대라고 했지만 사진에서 보던 나이아가라폭포 같은 스케일도 없었다. 내 옆에 있는 것보다 멀리 있는 반짝임에 더 신경이 쓰이던 때였다. 그러면서도 폭포의 위쪽 끝, 그 지점이 궁금했다. 추락의 순간, 그 지점에서 바라보는 세상은 어떤 모습일까. 또 그 지점은 어떤 곳일까, 언제 기회가 된다면 그 지점을 찾아보고 싶다는 막연한 생각을 했었다.

그런데 얼마 전 우연히 정방폭포의 상단 끝 지점을 발견했다. 발견이라는 말 속에는 새로운 의미와 가치를 알게 된다는 의미가 포함되어 있다. 내가 가끔 걸어가던 그 길에서 문득, 아, 여기가 바로 정방폭포의 상단, 그곳이구나 하는 걸 깨달은 것이다. 평범하고 또 평범한 제주의 하천, 도랑물처럼 흘러가던 작은 하천의 끝부분, 우리 눈에서 문득 사라져 버린 그 작은 하천이 그렇게 커다란 폭포가 되어 우리 눈앞에 새로운 모습으로 나타나고 있었던 것이다.

정방폭포 상단의 하천.
문득 사라진 하천은 거대한 물줄기의 폭포가 되어 다시 나타난다.

서복공원 주차장에 차를 세우고 정방폭포 쪽으로 걸어 들어오다 보면 첫 번째 나타나는 다리, 그 다리에 서서 바다 쪽으로 바라보면 하천은 문득 끊어지고 서귀포 바다 풍경이 이어진다. 무심코 지나치게 될 그 지점이 바로 정방폭포의 상단이다.

하천 바닥은 얇아서 물풀이 무성하고, 그 나약한 물풀에도 자칫 물길이 막힐 것만 같은 불안이 느껴지는 거기, 하천 주변 칡넝쿨들이 물길까지 침범해 들어가는 거기, 거기가 바로 내 어릴 적 동경의 지점이었던 것이다.

가슴에 폭포 하나쯤 숨겨 두는 지혜

기대치와 실제의 간극으로 실망이 들어서는 법이다. 무얼 생각했던 것일까. 동양 최대의 폭포라면 뭔가 그 태생부터 남달라야 하지 않을까 하는 생각이 있었던 걸까. 세상 이치를 그나마 조금이라도 알게 되는 나이에 그 지점을 찾았으니 망정이지, 세상 모든 문제가 또렷하게 양분되던 어릴 때였으면 이 실망의 크기는 더 컸을지도 모른다.

그러나 동양 최대의 폭포라는 스케일에 맞춘 충분한 웅장함이 이 하천에도 있었다면, 세상은 얼마나 지루했을까. 평범한 하천에 그런 웅장한 폭포가 숨어 있다는 반전, 보잘것없어 보이는 사람, 보잘것없어 보이는 자연, 그 속에 얼마나 커다란 폭포를 숨기고 있는지 알기에는 우리가 가진 시력이 너무 짧다. 그래서 불현듯 나타난 폭포를 보게 되었을 때의 감동이 배가되는 것이리라. 드라마틱한 세상을 위해 가슴에 폭포 하나쯤 숨겨 두는 지혜. 그런 반전을 품고 있는 세상을 상상한다면 우리 주변 모든 것들이 더 소중해지고 더 고귀해지는 것이다.

정방폭포의 모습은 놀라울 정도로 변한 게 없었다. 폭포에서 떨어진 물이 바다까지 흘러가는 물길도 자연 그대로이고, 폭포 앞까지 사람들의 발길을 편하게 받아 주라고 울퉁불퉁한 돌들을 눕혀 놓지도 않았다. 폭포 가까이 다가가기 위해서는 그런 불편함을 오롯이 감수해야 한다. 그 불편함이 무척이나 반갑고 고마웠다. 자연에 손을 대지 않는 것, 그게 얼마나 중요한지 이미 우리는 충분히 알고 있으니 말이다.

점, 선, 면, 그리고 폭포

정방폭포에 집중해 본다. 큰 물줄기 두 개 사이로 작은 물줄기가 말끝을 흐리는 것처럼 떨어진다. 사람이나 자연이나 목소리 크고 덩치 큰 것들이 상황을 좌우한다. 수학 시간에 점이 모여 선이 되고 선이 모여 면이 된다고 배웠다. 지금은 그렇게 가르치지 않는 것 같지만 나는 그 설명을 들으면서 선이 되기까지 얼마나 많은 점들이 모여야 할까. 얼마나 많은 선이 모여서 면이 만들어지는 걸까 궁금했었다. 그리고 과연 그게 가능하기는 할까, 의심이 들었다.

그러나 폭포 아래서는 점이 모며 선이 되고 선이 모여 면이 되는 걸 직접 보게 된다. 무수히 많은 물방울이 모여 하나의 굵은 직선이 되고, 그 굵은 직선이 결국 하나의 면을 이루고 있다. 물방울 하나하나의 궤적이 선이 되고 면이 되고 결국은 입체를 만들어 또 다른 실체를 만들어 내는 것이다.

그렇게 만들어진 실체는 웅장하다. 힘이 느껴진다. 그 어떤 바람에도 흔들리지 않고 직선으로 곧장 떨어진다. 그러나 자세히 보면 작은 바람에도 흔들리는 무수한 물방울들이다. 직선으로 강하게 내리꽂히는 것 같지만 절벽을 뛰어내리는 동안 길을 잃기도 하고, 왔던 길을

정방폭포.
가벼운 존재들이 만들어 낸 저 무거움의 실체.

돌아가기도 한다. 그리고 아주 가볍게 허공을 날아다닌다. 가벼운 존재들이 만들어 낸 저 무거움의 실체.

정방폭포에서는 폭포 소리가 잘 들리지 않는다. 바다 때문이다. 폭포 소리와 파도 소리가 서로 엉켜 사람의 귀에 잘 들어오지 않는다. 대신 폭포가 만들어 내는 하얀색 물보라, 파도가 만들어 내는 하얀색 물결이 눈에 선명하다.

그늘을 골라 바위 위에 앉아 본다. 거리에 따라 보이는 것이 다른 것임을 알고 있기에 정방폭포를 조망하기엔 이쯤이 안성맞춤이다. 오른쪽으로 정방폭포를 두고 왼쪽으로 바다를 둔 자리다. 바다와 폭포를 한 곳에서 조망할 수 있다는 것. 그게 정방폭포가 정방폭포이게 하는 가장 큰 특징이다. 뭍에서 온 폭포를 자기들도 봐야겠다는 듯, 문섬과 섶섬까지 가까이 다가와 있다. 바다, 섬, 폭포, 이런 조합을 어디서 다시 만날 수 있겠는가.

벼랑에서 뛰어내린 물이 바람에 날리며 벼랑 주변을 한동안 자유롭게 날다 천천히 아래로 떨어진다. 커다란 폭포 줄기가 사물의 실체라 한다면 그 주변을 날고 있는 저 작고 여린 물보라는 그 사물의 영혼일까. 그 정도쯤 간단히 무시해도 되는, 종종 무시되기도 하지만 엄연히 존재하는 저 물보라. 문득 이명복 화가의 〈기다리며〉라는 그림이 생각났다.

순백의 영혼들이 동백꽃보다 더 붉게 스러져 간 곳

이명복 화가는 정방폭포를 그리고 나서 화폭 가득 붉은 동백꽃을 그려 넣었다. 폭포의 물보라라고 하기엔 화폭을 가득 메우는 그 꽃은

〈기다리며〉 그림 **이명복**(200×141cm, 한지에 아크릴, 2015)

마치 하늘의 물보라를 연상시킨다. 하늘로 오르지 못한 것들의 영혼이 꽃이 되어 떨어지는 걸까. 화가는 내가 앉아 있는 이 앞 어느 바위 위에 정방폭포를 바라보는 소녀의 작은 뒷모습을 배치했다. 그리고 붙인 제목은 〈기다리며〉였다. 누가 누구를 기다리는 걸까. 무엇이 무엇을 기다리는 걸까.

퇴직을 하고 제주로 내려온 화가는 무엇을 그려야 할 것인가를 두고 고민을 많이 했다고 한다. 제주에서는 삼춘이라 불리는 이웃집 할머니, 어머니들을 신화 속 여신이라 여기며 그녀들의 모습을 그려 온 화가. 그에게 제주 4.3의 현장은 결코 외면할 수 없는 그림의 주제가 되었을 것이다.

화가의 눈에 비친 정방폭포는 지금까지 우리가 보아 온 모습과는 다른 모습이었다. 폭포의 수직 낙하 주변을 날던 작은 물보라. 그보다 더 작은 순백의 영혼들이 동백꽃들보다 더 아프게 스러져 간 장소임을 알기에 화가의 화폭은 서늘하고도 붉은 기운으로 채워졌다.

나열된 죽음을 거두지도 못했던…

정방폭포는 4.3 당시 200여 명 이상의 사람들이 목숨을 잃은 장소다. 1948년 11월 10일부터 1949년 3월 31일까지 5개월간 50여 차례 학살극이 자행되었다. 마을 주민 중 입산자가 있다고 하여 도순리 마을 주민 60여 명이 희생되었다. 임무 교대를 앞두고 더 많은 성과를 올리기 위해 자수를 한 사람들을 끌고 가 총살하기도 했다. 1948년 12월 18일 남원면 신흥리 주민 70여 명이 한꺼번에 학살된 소위 '홀치기 사건'이다.

이들은 정방폭포와 해안선을 따라 이어지는 자구리해안, 소낭머리,

소낭머리.
정방폭포 해안선을 따라 자구리해안 소낭머리 소정방 등지에서 학살이 이뤄졌다.

소정방 등지에서 학살되었다. 그렇게 아름답기만 한 절경에 그렇게 낭자한 죽음이 있었다. 지금은 서복전시관이 세워진 자리 그 주변으로 전분공장, 단추공장, 통조림공장 등이 있었다. 그 공장들은 당시 모두 임시 수용소로 사용이 되었다. 서귀면사무소에 2연대 1대대가 설치되었다. 바로 옆에 있던 농회창고는 군부대 정보과에서 주민들을 취조하고 고문하던 장소였다. 서귀면, 중문면, 대정면, 안덕면, 표선면에서 붙잡힌 주민들을 농회창고에 수용했다가 온갖 이유를 붙이며 총살했다.

더 이상 죽음을 나열하지 말자고 해도 여기선 어쩔 수가 없다. 그렇게 나열된 죽음을 거둬 가지도 못하게 했다. 벼랑에서 떨어져 쌓인 시체가 다 썩어 가도록, 더러 바닷물에 쓸려 가는 데도 유족들은 시신을 거둬 가지 못했다.

토벌대의 눈을 피해 몇 구의 시신들은 수습이 되었지만 나머지 시신들은 1년이 지나도록 방치되어 있었다. 썩고 문드러진 시체들은 구별할 수 없었다. 시체 위에 시체가 쌓이고, 시체 위에 시체가 썩으면서 누가 누군지 알아보는 건 불가능했다.

시신 찾기를 포기한 사람들은 비석만 세우기도 하고 일부는 망자의 옷가지 같은 걸 넣고 헛묘를 만들었다. 안덕면 동광리에는 1949년 1월 22일 정방폭포에서 집단학살당한 임문숙 일가, 김여수 일가의 헛묘가 만들어져 있다. 동광리 '큰넙궤'에 숨어 살던 사람들이 토벌대의 추격을 피해 한라산 영실 볼레오름까지 올라갔으나 결국 붙잡혀 온 사람들이었다.

왜 그렇게 잔인한 시간들이었을까. 그렇게 살자고 발버둥치는 사람들을 그렇게 집요하게 죽음으로 몰아넣었던 이유는 무엇이었을까. 도

동광리 큰넙궤 안에서 만난 박쥐,
큰넙궤 안에 숨어 있던 동광리 사람들은 결국 붙잡혀 정방폭포 인근에서 총살되었다.

무지 이해할 수 없는 일이 당시엔 도처에 널려 있었다.

4.3이라는 역사의 어둠 속에서
이유도 없이 꺼져야만 했던 무수한 사람들의 불빛

동광리 마을 사람들이 숨어 살았던 큰넓궤는 동광마을 4.3길을 따라가다 보면 만날 수 있다. 그러나 굴속으로 들어가는 건 쉽지가 않다. 굴속으로 들어가기 위해서는 안전장비가 필수적이며 안내자가 있어야 한다. 한 사람이 겨우 들어갈 수 있는 입구를 지나 좁은 통로를 기어가듯 들어가다 보면 뚝 떨어지는 낭떠러지도 만나고, 천정에 매달려 있는 박쥐도 만날 수 있다. 그리고 그 안쪽 깊숙한 곳에 4.3 당시 사람들이 거주했던 공간이 있다.

굴속 탐험을 마친 사람들에게 소감을 물으면 목숨의 위협을 받으며 숨어 살았던 사람들의 심정을 느낄 수 있었다는 얘기보다는 어둠에 대해 얘기하는 사람들이 많다. 굴속 탐험 도중 가지고 간 스마트폰, 랜턴 등을 잠깐 꺼 본 체험자들은 의외로 어둠의 농도에 놀라곤 한다. 그렇게 철저하게 빛으로부터 차단된 적이 없었기에 체험자들은 더 강렬한 인상을 받게 되는 것이다.

그리고 어둠을 밀어내기 위한 불빛의 힘은 얼마나 나약한 존재인지, 이 절대적 어둠을 밀어내는 그 작은 불빛의 힘은 또 얼마나 강렬하고 위대한 것인지, 사람들은 동굴 속에서 새삼 느끼게 된다. 4.3이라는 역사의 어둠 속에서 이유도 없이 꺼져야만 했던 무수한 사람들의 불빛, 그럼에도 불구하고 결국 어둠을 헤치고 밝은 세상을 만들어 냈던 사람들의 불빛을 생각하게 되는 것이다.

제명대로 다 살지도 못했던 사람들이 죽어 간 장소에
제명을 다 살고도 더 살고 싶었던 사람의 흔적, 서복기념관

정방폭포 위 소낭머리 일대에는 서복공원이 조성되어 있다. 공원 안에는 서복기념관과 더불어 중국풍의 정자와 갖가지 조형물, 식물들로 잘 꾸며져 있다.

중국의 진시황에게 불로초를 구하라는 명을 받고 내려온 서복이라는 신하가 제주를 거쳐 갔다는 전설에 착안해 마련된 공원이다. 정방폭포 벼랑에 '서불과지'라는 문자가 새겨져 있었다는데, '서불이 이곳을 지나가다'라는 뜻으로 서귀포라는 지명도 여기에서 나왔다고 한다. 그러나 아무리 뒤져도 정방폭포 벼랑에 그런 글자의 흔적은 없고, 이런 전설은 제주에만 있는 것도 아니어서 진위논란이 끊이지 않고 있다.

그럼에도 이곳에 이런 중국풍의 공원을 만든 것은 필시 경제논리가 작용한 것이리라. 중국 관광객을 겨냥해서 관광수익 좀 올려 보겠다는 것인데, 좋다. 어느 시대를 막론하고 먹고사는 문제가 제일 중요한 것이고, 사람들 먹고사는 데 보탬이 되는 일이라면 마다할 게 뭐 있겠는가.

그런데 서복공원이 들어선 자리가 어떤 곳인지 우린 이미 알고 있지 않은가. 4.3 당시 죽음을 앞둔 사람들이 집단 수용되었던 단추공장, 전분공장, 통조림공장들이 있던 자리다. 거기에 수용되었던 사람들이 무슨 잘못이 있어 죽임을 당한 것도 아니었다. 이유도 모르는 채 끌려나와 벼랑 위에서 총살을 당하기도 하고, 더러는 어디론지 끌려가 살았는지 죽었는지조차 알 수 없다. 더러는 죽음의 굿판에서 벗어나 겨우 목숨을 건지기는 했지만, 그 트라우마가 지금까지도 이어지고 있

서복공원이 들어선 자리에 있던 건물.
4.3 당시의 공장과는 상관이 없다고 한다.

는 곳이다.

그런 장소에 그들을 위로해 줄 위령탑 하나 없이, 안내 팻말 하나 없이 기억을 지우듯 싹 밀어붙이고 난데없는 중국풍 공원을 만들어야만 했을까. 말하지 않는다고, 기억하지 않는다고, 있었던 사실이 사라지기라도 할까.

서복공원은 몇 차례 확장과 재개장을 하고서도 장담했던 만큼의 관광수익조차 올리지 못하고 있다고 한다. 누군가의 치적용으로, 혹은 충동적으로 사업을 결정하고, 막대한 세금과 역사적 의의, 자연 파괴의 우려까지 무시해 가면서 강행하는 이런 일들이 어디 여기 한 군데 뿐이겠는가.

가장 아름답고 가장 슬픈 장소에 난데없이 끼어든 정체불명의 중국발 에피소드. 제명대로 다 살지도 못했던 사람들이 죽어 간 장소에 제명을 다 살고도 더 살고 싶었던 사람의 흔적을 이렇게 거대하게 만들어야만 했던 이유, 그 분명한 이유를 누가 좀 속시원하게 대답해 줬으면 좋겠다. 다행히 이 글을 쓰고 있는 시점에서 소낭머리 어느 곳에 4.3 희생자 위령탑을 건립하기로 했다는 소식이 들려왔으니 그나마 다행이라고 위로를 해 본다.

세월호와 쌍둥이처럼 닮았던 해난사고, 남영호 침몰사고

방치된 슬픔, 남영호 침몰사고

여기까지 왔으면 한 군데 더 들러야 할 곳이 있다. 정방폭포 주차장에서 동쪽으로 오솔길을 걷다 보면 왼쪽에 위령탑 하나가 조촐하게 서 있다. 〈남영호 조난자 위령탑〉이다. 1970년 12월 15일 새벽 1시 25분경 여수 소리도 인근 해상에서 침몰하여 320여 명의 사망자를 낸, 남영호 조난자들을 위한 위령탑이다.

거친 파도를 맞서며 서로 등을 맞댄 모습을 형상화했다는 높이 4.2미터의 탑 주변으로 그날 목숨을 잃은 319명의 명단을 새긴 석판이 주변을 둘러싸고 있다. 위령탑은 사고 이듬해 3월, 120만 원을 들여 서귀포항에 건립했었다. 그러나 1982년 9월, 서귀포항을 세계적인 미항으로 만들겠다는 계획에 의해 돈내코 중산간 지역으로 옮겨졌다. 그렇게 산속에서 방치되던 위령탑은 세월호가 침몰되던 해, 2014년 12월 15일 다시 이 자리로 이전되었다.

남영호 조난자 위령탑.
1970년 12월 15일 새벽 1시경, 서귀포 출발 부산행 배 침몰, 320여 명이 희생되었다.

미항 건설에 참사 위령탑은 어울리지 않는다며 부득불 위령탑을 이전했던 이들의 행위에서 우린 남영호 참사를 바라보는 시선을 알 수 있다. 치워 버려야 할 것, 있으면 안 되는 것, 가능하면 어느 눈에도 띄지 않고 없었던 사실로 만들어 버리고 싶은 것. 돈내코 쪽으로 이전되고 나서 방치되다시피한 것은 어쩌면 예견된 수순이었을 것이다.

흔히 남영호 사건으로 불리워지는 이 참사는 사실 제주도민들도 잘 모르는 사람들이 많다. 남영호 사건과 관련이 있는 사람들이나, 당시 이 참사를 지켜보았던 서귀포 지역민들의 기억 속에서나 겨우 남아 있는 사건이다. 그만큼 철저하게 묻혀지고 묻어 버린 사건이었다.

정원 초과, 과적!

남영호는 제주와 부산을 오가는 정기여객선 이름이었다. 당시 제주와 부산을 오가는 정기여객선은 남영호 외에도 도라지호와 제1제주호가 있었지만 연말을 앞두고 이 두 여객선이 각자의 사정으로 며칠째 출항을 못하고 있던 상황이었다. 며칠째 내려졌던 풍랑주의보가 해제되어 배가 뜬다는 소식이 전해지자 사람들이 남영호로 몰려들었다. 밀감 상자들이 배 안 가득 쌓였고, 사람들이 물밀 듯 밀려 들어왔다. 정원 302명의 배에 340여 명이 승선했다. 적재량 130톤의 배에 그 세 배가 넘는 540여 톤의 물건들이 실렸다.

배가 한쪽으로 기우뚱한 채로 출발했다는 증언이 있을 만큼 배는 위태로웠다. 뱃전에서 수면까지는 불과 3, 40센티미터였다. 금방이라도 바닷물이 뱃전으로 쏟아져 들어올 기세였다. 선장 이하 몇 명이 배 상태를 걱정했지만, 무시되었다. 하나라도 더 실어야 그만한 이득이 더 생길 것이기 때문이었다.

배는 출발했다. 위태롭게 물살을 가르며 앞으로 나아가던 배는 순간, 갑판에 쌓여 있던 밀감 상자들이 무너져 내리면서 한쪽으로 기울었다. 그리고 다시는 일어서지 못하고 그대로 바닷속으로 가라앉고 말았다. 340여 명의 사람들이 차가운 겨울 밤바다 속으로 사라졌다.

이후, 사고수습 과정은 할말을 잃게 만들었다. 통신사의 SOS 신호를 우리나라 해경 이하 그 어느 누구도 받지 않았다. 위급함을 알리는 통신사의 신호를 받은 것은 멀리 일본 측 배였다. 일본은 해류에 떠내려오는 시신들과 생존자들을 구조하는 한편, 우리나라 해경에 긴급 타전했다. '너희 나라에 지금 무슨 일이 일어나고 있는 거 같은데, 무슨 일이야? 빨리 알아보고 연락해 줘.' 하는 내용이었을 것이다. 그러나 우리나라 해경은 묵묵부답이었다. 해경은 일본 측의 이 수신도 못 들었다고 했다. 그러다가 조사 과정에서 두 차례 수신 사실을 인정하기도 했다.

생존자 12명,
일본 구조 8명, 우리나라 해경구조 3명, 민간 어선 구조 1명,
참사 보름 만에 보상 완료

300명이 넘는 승선자 중에 살아남은 사람은 12명이었다. 그 12명의 생존자 중에서 우리나라 해경이 구조한 사람은 3명에 불과했다. 일본 측이 8명, 우리나라 민간 어선이 1명을 구조했다. 사고 해역 인근에서 우리 해군 함정이 14일부터 훈련 중이었지만 아무도 남영호의 구조신호는 받지 못했다고 했다.

사고 발생 40시간 후 당국은 탑승자들의 생존 가능성을 포기했다. 그로부터 이틀 후 수색도 포기했다. 사고 발생 일주일 만에 선체 인양

위령탑에 새겨진 희생자 명단.

을 포기한다고 발표했다. 검찰은 선주, 선장, 하역회사 관계자 및 공무원 등 총 12명을 기소하고 수사를 종결했다.

국회에서는 남영호 침몰사건진상특별조사위원회가 구성되어 활동을 개시했으나 활동 기간은 12월 23일부터 31일까지, 딱 일주일에 불과했다. 과적, 행정과 선주와의 부당거래, 늑장 구조, 선박 운항관리 부실 등이 적나라하게 드러나고 있었지만 더 이상의 조사는 이뤄지지 않았다. 상급 책임자 처벌도 없었다. 그런데 현장 부근에서 조난 승객 1명을 구조한 희영호 선주에게 선박지원법 위반혐의를 적용해 입건했다. 현장에 있으면서 조난 승객 구조를 묵살했다는 혐의였다.

남영호 침몰사고 유족, 4.3 사건 유족, 그 공통분모의 굴레

참사 보름 만에 보상이 완료되었다. 희생자 일인당 총 81만여 원 정도였다. 위령탑은 이듬해 3월 서귀포항에 120여 만 원을 들여 세워졌다.

희생자 유족들은 사고 다음 날부터 제주와 부산에 각각 유족회를 구성하고 시신 수습과 선체 인양, 책임감 있는 사태 수습을 요구하며 농성과 점거, 가두시위를 진행했다. 그러나 이에 대한 답변은 가혹한 탄압과 협박, 회유 등이었다. 사이비 유족의 개입, 비탄을 이용한 시체장사, 불순폭력 세력이라는 이유를 붙이며 즉각적인 방해와 탄압을 가해 왔다.

남영호 침몰 사고를 당한 제주 유족들 대부분이 4.3 유족들이었다. 이미 4.3이라는 호된 역사의 매질을 당한 후였기에 그 공포는 체념으로 나타났다. 사람들은 그저 팔자소관이려니, 운명이려니 하며 저항을 포기했다. 처음 몇 차례 사고 소식을 전하던 언론이 해가 바뀌면서 빠르게 입을 다물었다. 기사 한 줄 나오지 않았다. 그렇게 남영호 사건은 잊혀져 갔다.

공교롭게도 남영호 조난자 위령탑이 이곳 정방폭포로 이전되던 2014년에는 세월호가 침몰한 해다. 비슷한 규모와 비슷한 희생자, 비슷한 침몰 원인, 비슷한 구조 과정과 비슷한 사고수습 과정. 쌍둥이처럼 닮은 사고가 44년 만에 재현된 것이다. 40여 년의 시간이 지나도록 하나 달라진 것 없는 재난의 모습을 보며, 기억한다는 것의 의미를 다시 생각하게 한다.

내 친구 아버지의 무덤

어릴 적 우리가 즐겨 놀았던 동산에는 시멘트가 발라진 돌담 안에 비석 하나가 서 있었다. 당시만 해도 시멘트가 귀하던 시절이라 비석을 둘러싼 돌담에까지 시멘트를 바른 걸 보며 대단한 부잣가 보다 하는 생각이 들었다. 그러나 그 비석은 남영호 사건으로 돌아가신 후 받은 보상금으로 무덤도 없이 세운 내 친구 아버지를 기리는 비석이었다. 해가 바뀌기 전에 부산에 계신 어머님을 뵈러 간다면서 배에 오르셨던 길이었다. 우리는 어렴풋이 그 비석에 얽힌 친구의 슬픔을 감지하긴 했었지만, 이름조차 가물가물한 사건을 기억하지도 못한 채 비석을 둘러싼 돌담 위에 앉아서 술래잡기를 하고 햇볕바라기를 하면서 놀기에 바빴다.

얼마 전 우연한 기회에 그 친구를 만나 남영호 이야기를 꺼냈는데, 평소 호탕하기만 했던 친구의 입에서 의외의 이야기를 들었다. 친구는 오랜만에 가족들과 같이 정방폭포를 갔다가 주변 산책길을 걸었다고 했다. 딱히 그쪽으로 볼일이 있었던 것도 아니었는데 그날따라 그쪽으로 간 것부터 이상하다면서… 그 길에서 맞닥뜨린 남영호 위령

희생자 중 한 명이었던 김창두 씨의 시신 없는 무덤.

탑은 네 살에 헤어진 아버지의 마지막 모습을 소환해 냈고, 위령탑 아래 새겨진 죽음의 이름들 틈에 아버지의 이름을 발견하고는 그냥 앉아 펑펑 울었다고 했다. 왜 그렇게 눈물이 나왔는지는 친구도 알 수 없다고 했다. 상황을 전혀 모르는 남편과 두 딸아이가 옆에서 걱정스레 엄마를 위로했지만 한참 동안 쏟을 만큼 쏟아져 나온 눈물이 그칠 때까지 목놓아 통곡했다고 했다.

친구에게 있어 남영호 위령탑은 아버지의 현현이었을 것이다. 잊은 듯 살아왔지만 의식의 저 밑바닥에 깔려 있던 아버지에 대한 그리움이 위령탑을 만나면서 불쑥 지면으로 치고 올라왔던 것이리라. 친구는 세월호 사건을 지켜보는 내내 남영호 사건을 투영하지 않을 수 없었다고 했다. 두 사건에 대한 비교, 공감, 울분, 분노, 다짐, 수많은 감정들을 가슴에 채곡채곡 쟁여 가며 세월호 사건을 지켜봤을 내 친구. 그러다 문득 만난 위령탑 앞에서 저도 모르게 가슴에 쌓여 있던 눈물을 다 쏟아 내었던 것이다.

기억한다는 것의 첫 단계는 기억의 장소를 확보하는 것

문화연구자 정원옥 씨는 〈재난 희생자들을 어떻게 기억할 것인가〉에서 "재난을 기억한다는 것은 사라진 이들과 관계를 맺고 잘못을 바로잡기 위해 함께 행동하는 것이라고 할 수 있다. 나아가 그것은 국가와 사회 시스템의 변화를 만들어 낸 이들로 희생자들의 이름을 역사에 남기려는 실천이 되어야 한다." *고 주장한다.

44년 후에 똑같은 모습으로 재현된 세월호 참사도 남영호 사건의 은폐와 망각에 기인한 바 크다. 재난이 부끄러운 기억, 감추고 싶은

---

* 세월호 참사 작가기록단 재난참사기억프로젝트팀, 「재난을 묻다」, 서해문집, 2017

것, 잊어야 할 것으로 여겨지는 한 제3의 남영호, 제4의 세월호가 반복적으로 나타날 것임은 자명하다.

남영호 유족들의 바람은 위령탑이 원래의 자리로 되돌아가는 것이다. 기억한다는 것의 첫 단계는 기억의 장소를 확보하는 것. 지금 이 자리도 아무도 돌보지 않았던 돈내코 어느 산중에 있을 때보다는 훨씬 나은 장소이기는 하지만, 남영호의 출발지였던 서귀포항이야말로 남영호를 기억하기에 가장 적합한 장소라고 생각하기 때문이다.

이미 세계적 관광지가 된 서귀포 정방폭포를 찾아와 그 주변의 아름다운 모습에 반해 한가로이 길을 걷다 문득 마주친 위령탑 앞에서 사람들은 당황한다. 위령탑을 찬찬히 살펴볼수록 데칼코마니처럼 떠오르는 세월호.

짐작조차 하지 못했던 참사가 세월호보다 앞선 시기에 이렇게 엄연히 있었음에도 불구하고 또다시 반복되었다는 사실에 망연자실해한다. 그나마 다행스러운 것은 조금씩 관련자료가 모아지고 있고, 관심을 갖는 사람들이 많아지고 있다는 사실이다. 제주 4.3이 그랬듯, 남영호 참사도 절대 덮어질 수 없는 역사로 남아 후대의 정신을 일깨울 것임을 믿는다.

제4부

여행은 보고 느끼기 위한 가장 적극적인 행위.
알뜨르 비행장 활주로 흔적을 보기 위해선 높은 시선이 필요하고,
그래서 낡은 급수탑을 오른다.
비행장 활주로, 격납고, 탄약고, 백조일손지묘…
쉬지 않고 부는 바람처럼, 역사의 바람이 끊이지 않았던
바람코지의 땅.

제주 다크투어 일번지, 알뜨르 비행장 일대

지천으로 널려 있는 바다가 모두 다른 모습

제주 다크투어 일번지를 꼽으라면 아무래도 송악산을 포함하는 알뜨르 비행장 일대일 것이다. 송악산 진지동굴, 예비검속자 200여 명이 학살되었던 섯알오름 탄약고터, 셋알오름 고사포진지, 알뜨르 비행장, 격납고, 탄약고터에서 희생된 사람들이 묻혀 있는 백조일손지지가 다 이곳에 몰려 있다. 그만큼 역사의 부침이 많았던 곳이기도 하다.

송악산 주차장에 차를 세우면 먼저, 바다다! 어디를 가든 늘 따라붙는 바다지만 이곳에서의 바다는 또 다른 모습이다. 제주는 산 하나에 섬 하나, 그 외엔 모두 바다지만 제주여행이 매순간 즐거운 것은 이렇게 지천으로 널려 있는 바다가 모두 다른 모습을 하고 있다는 데 있다. 제주시에서 바라보는 바다가 다르고, 성산포에서 바라보는 바다가 다르다. 해안도로를 따라 달리는 바다도 다르다.

종달리 해안도로에서 보는 바다는 수국꽃처럼 풍성하고, 애월 해안도로에서 만나는 바다는 돌고래처럼 울렁울렁거리는 바다다. 표선 해

송악산 사계리 나란히 걷는 바다.
둘이 나란히, 혹은 혼자서 걷노라면 바다는 늘 그만큼의 거리를 두고 옆에서 걷고 있다.

안도로에서는 반드시 차를 세우고 한번쯤 내려 검은 현무암들이 파도와 만나는 지점까지 걸어가 봐야 한다. 손끝으로 살짝 물을 만지면 재잘재잘 쉴 새 없이 수다를 떠는 파도가 여행자의 발을 붙잡는다. 마치 태고의 순간부터 지금까지 제 살아온 내력을 이야기하는 것 같다.

송악산 앞 사계리에서 만난 바다는 바다와 동행하고 싶어지는 바다다. 둘이 나란히, 혹은 혼자서 하염없이 걷노라면 바다가 늘 그만큼의 거리를 두고 옆에서 걷고 있다. 굳이 서로를 마주 보지 않아도, 굳이 서로 이야기를 나누지 않아도 같은 방향을 보고 있다는 것만으로 모든 게 이해되는 그런 바다가 있다. 그렇게 사계리를 걸어온 바다가 송악산을 앞에 두고 잠시 멈춰 선다.

형제섬이다. 크고 작은 돌기둥 두 개가 마치 형제처럼 서 있다 하여 붙여진 이름이다. 쪽빛 바다에 부서지는 햇살 가운데 서 있는 모습은 아련한 듯, 외로운 듯, 오묘한 감정을 불러일으킨다. 그런 형제섬을 어미의 눈빛을 하고 바라보는 것 같은 송악산이 오른쪽으로 단애의 해안선을 만들며 돌아간다.

이중구조의 분화구를 가진 송악산

주차장에 차를 세운 사람들 물결이 그 해안선 벼랑 둘레를 따라 오르고 있다. 예전에는 자동차를 타고 오르던 길이다. 송악산 아래 일제가 파 놓은 진지동굴이 무너질 우려가 있다고 해서 지금은 차량 통행을 금지하고 있다.

송악산 주봉의 높이는 해발 104미터다. 정상에 오르면 둘레가 500여 미터에 이르고, 깊이가 80미터에 이르는 분화구가 있다. 화산재 모양의 송이가 붉은 모습 그대로 관찰이 가능하다.

송악산은 이중구조의 분화구를 가지고 있다. 바다에서 한 차례 화산 분출이 있었고 그 뒤를 이어 2차 분출이 있었다. 그런 이유로 송악산은 제주에서도 최상의 화산 지질구조를 관찰할 수 있는 곳이다. 화산탄, 응회환, 탄낭구조, 층리구조 등 화산활동으로 일어나는 대부분의 구조를 맨눈으로 볼 수 있다. 그만큼 지질학적으로도 중요한 곳이다.

성산 일출봉처럼 송악산도 육지에서 바다 쪽으로 나와 있는 오름이다. 송악산 둘레길을 돌아 걷다 보면 삼면에서 바다를 조망할 수 있다. 드넓은 바다 위로 얇게 떠 있는 가파도와 마라도가 보인다. 멀고 먼 항해의 어느 지점을 지나는 상선이 수평선을 항로 삼아 지나고, 어선들이 띄엄띄엄 하루치의 노동에 몰두해 있다.

개발바람이 끊이지 않았던 송악산

해안 절벽에 와 부딪치는 파도의 소리는 크고 웅장하다. 송악산 옛 이름이 '절울이'였다는 사실은 예부터 이 파도 소리가 예사롭지 않았다는 뜻이다. 파도(절)가 운다, 혹은 울린다의 뜻 정도일 것이다. 파도 소리 못지않게 바다를 건너오는 바람 또한 만만치 않다. 몸을 날려 버릴 듯한 기세로 달려드는 바람은 예로부터 이곳을 보름ㅋ지라고 했다. 바람 많은 땅, 바람 잘 날 없는 땅.

빼어난 경관 덕에 이곳은 언제나 개발 바람으로부터 자유롭지 못했다. 1985년 건설부에서 송악산 일대를 관광지구로 지정하면서부터 바람은 본격화되었다. 지역 주민들의 반대 여론에 밀려 1988년 관광개발계획은 군사기지와 비행장 건립계획으로 대체되었다. 시민단체들까지 합세한 반대 여론에 결국 1990년, 정부는 손을 들었다. 군사기지 계획이 전면 백지화되었던 것이다.

그러나 그렇다고 해서 개발 의욕을 완전히 포기한 것은 아니었다. 현재까지도 중국 자본에 의한 개발이 계획되었다. 반대 여론에 밀린 도정은 당분간 송악산을 대상으로 난개발은 하지 않을 것이라는 약속을 했지만 언제 또다시 개발논리가 고개를 들지 모를 일이다. 세계 어느 곳에서도 볼 수 없는 화산 지질구조, 일제강점기의 흔적과, 제주 4.3의 상처들이 고스란히 배어든 자리에 호텔이나 짓겠다고 계획을 세우는 사람들이 지금도 우리 사회에 버젓이 목소리 높이고 있는 실정이니 말이다.

5만 년 간의 기후 정보가 고스란히 담겨 있는 하논분화구

여담이지만 제주의 개발계획의 역사에는 여기 말고도 우리의 기를 막히게 하는 계획들이 종종 세워졌었다. 그중 하나가 바로 하논분화구의 개발계획이다. 하논분화구는 서귀포시 동홍동 1003번지 일대를 말한다. 우리나라 유일의 마르(Maar)형 분화구다.

분화구라는 게 대부분 산꼭대기에 있는 것으로 생각하지만 이곳은 평지보다 더 아래쪽으로 내려간 곳에 분화구가 생성되어 있다. 평지에 커다란 웅덩이가 뻥하고 뚫려 있다고 생각하면 될 것이다. 면적이 1,266,000제곱미터, 38만 평이 좀 넘는다. 바닥에서 평지까지의 높이가 143미터에 이른다.

하논분화구는 지금으로부터 약 5만 년 전에 생성되었다고 알려져 있다. 이곳 하논분화구가 특별한 것은 여기에 5만 년 동안의 기후변화 정보가 고스란히 담겨 있기 때문이다. 그야말로 생태계의 타임캡슐이라 할만하다.

그런데 이곳에 한때 야구장을 세운다는 계획을 세웠었다. 분화구

국내 유일의 마르형 하논분화구 전경.
5만 년 동안의 기후변화 정보가 담겨 있는 이곳에 야구장 건설 계획을 세웠었다.

지형을 그대로 살려 바닥에 야구장 잔디를 깔고, 비스듬한 경사로에 의자를 깔면 되겠다는 것이었다. 이 계획을 처음 구상해 낸 사람은 무릎을 쳤을지도 모를 일이다. 기발한 아이디어라고 말이다.

그래, 모르면 그럴 수도 있다. 하논분화구의 가치를 모르면 그럴 수 있다고 충분히 이해를 하자. 그 개발계획이 철회되고 나서 하논분화구는 지금 원형을 복원하는 쪽으로 방향을 틀었다.

그렇다면, 송악산의 가치는 어떤가? 가치를 모르고 이런 개발계획이 불쑥불쑥 튀어나오는 것인가. 앞으로 개발계획을 세울 때는 자연이 갖고 있는 그대로의 가치보다 눈앞에 어른거리는 이익에 초첨을 맞춘 건 아닌가 하는 생각을 몇 번이고 반복해서 해야 할 것이다. 돌다리를 몇 번이고 두들겨 보고 나서 결정해도 자연을 개발하는 데에는 결코 늦지 않는다. 개발은 언제든 할 수 있지만 한번 파괴된 자연은 어쩌면 영원히 원래의 자리로 돌려놓지 못할 수 있으니까 말이다.

일본의 '결7호 작전'의 일환으로 만든 진지동굴

사람들의 발길을 따라 천천히 산을 오르기 시작한다. 송악산 동쪽 벼랑 아래로 진지동굴이 보인다. 성산 일출봉 절벽 아래에 파 놓은 것과 같은 인공동굴이다. 광복 기념 76주년을 앞두고 한국동굴안전연구소와 제주도동굴연구소가 발간한 '근대전쟁유적 제주도 일본군 동굴진지(요새) 현황조사 및 증언채록 보고서'에 따르면 일제강점기 때 구축된 진지동굴은 제주시 지역 75곳에 278개, 서귀포시 지역 45곳에 170개로 모두 120곳에 448개라고 밝힌 바 있다. 그야말로 제주도 전체를 요새화했다고 해도 과언이 아니다.

제주에 구축된 진지동굴은 일본의 태평양전쟁 패망 직전에 세웠던

'결7호 작전'에 의한 것이다. 미군 공습에 대비해 일본은 본토를 지키기 위한 작전을 세웠고, 그중 일곱 번째 작전은 제주를 중심으로 세워졌다. 제주도에서 옥쇄하는 한이 있더라도 본토의 안전을 지켜 내겠다는 작전.

그 작전에 의해 성판악과 한라산 중산간은 물론 제주도 해안가를 돌며 요소요소에 진지동굴이 구축되었다. 산중의 동굴에선 고사포가, 해안가 동굴에선 어뢰정이, 비행장에선 가미가제 특공대라고 불리는 전투기들이 떴다.

특히 제주 서쪽과 남쪽을 조망하기에 최적의 장소였던 송악산에는 전투사령관실과 탄약고, 연료 저장고, 어뢰 저장고 등 주요 시설들을 감출 목적으로 한 갱도 진지도 있다. 높이만도 3미터, 너비 4미터, 길이 1,220미터에 이른다고 하니 그 규모만 봐도 일본이 여기를 얼마나 중요하게 여겼는지 짐작이 된다. 그런 지옥 같은 전쟁을 준비하고, 더러는 그 전쟁의 일부에 참여를 했다. 그때 세워진 흔적만으로도 당시의 참혹함이 충분히 짐작되고도 남는 곳이다.

특정한 대상이 없어도 가슴에 와닿는 그리움

송악산 둘레를 돌아가는 길은 그 어떤 여행지 못지않게 아름답다. 잘 다듬어진 길을 따라 걷다 보면 어디서든 시야를 벗어나지 않는 바다가 다가와 있고, 층층이 몇 만 년의 역사 과정을 눈앞에서 보여 주는 절리들이 있고, 바다와 절벽 사이, 그 오랜 시간을 오갔음에도 불구하고 처음 부는 것처럼 여행객들의 뺨에 와닿는 바람이 있다.

송악산 발 아래 시시각각 변하는 사람의 감정처럼, 때론 환호하듯, 때론 통곡하듯, 때론 성이 난 듯 철썩이는 파도가 있다. 그리고 그 오래된 자연의 한순간, 어느 지점에 찾아와 잠깐, 고기잡이 배를 띄운 사람들이 바다에 떠 있다. 유구한 지구의 역사로 본다면 한낱 먼지에 다름 아닌 사람들이 때론 서로를 미워하고, 때론 이 자연을 제 손아귀에 넣어 주물러 보겠다는 게 참 아이러니하다는 생각이 든다. 저 철썩이는 파도, 이 부드럽게 부는 바람, 저 묵묵히 서 있는 송악산 절벽은 이런 우리 인간들을 지켜보며 무슨 생각을 하고 있을까.

그런 생각을 하면서 둘레길을 걷다 보면 바다에 얇게 누운 섬이 보인다. 가까이 있는 건 가파도, 조금 더 멀리 떨어져 있는 건 우리나라 최남단 마라도다. 언젠가 지인들과 저녁 산책처럼 송악산 둘레길을 따라 걸었던 적이 있다.

아직은 해가 남은 저녁 무렵, 산책길을 돌아 천천히 수다를 떨며 걷다 보니 노을이 지고, 어스름이 내리기 시작했다. 노을 풍경에 정신을 놓다 보니 어둠이 내려앉는 것도 잊었던 것이다. 서둘러 길을 돌아가는데, 하나 둘 불이 켜지기 시작했다. 마라도와 가파도, 그리고 바다 위, 눈에 보일 듯 가까이, 혹은 꿈결처럼 아주 멀리, 반짝반짝, 무언가 말을 하려는 듯, 무언가 신호를 보내려는 듯….

저녁 어스름이 내리고 바다에 불이 켜지기 시작하면, 특정한 대상이 없어도 가슴에 와닿는 그리움이 이곳 송악산에서는 느끼게 된다. 그런 그리움을 느껴 보고 싶다면 저녁 무렵, 천천히 송악산 둘레길을 걸어 보는 것도 좋겠다. 왁자지껄한 한낮의 소란스러움이 천천히 잠겨들고, 그 잠겨든 자리에서 하나둘씩 켜지는 불빛, 지금까지 나를 알고 있던 사람들의 눈빛, 지금까지 내가 알고 있던 사람들의 마음처럼 오래도록 나를 바라봐 줄 것이다.

송악산 둘레길 서쪽 전망대에 서면 가파도 마라도를 벗어난 지점에

송악산에서 본 가파도와 마라도.

바다만큼 시원스런 평야가 펼쳐져 있다. 저마다 개성을 드러낸 밭작물들이 올망졸망하게 평야를 디자인하는 가운데, 길고도 넓게 쭉 뻗은 직사각형 공간이 보인다. 저게 알뜨르 비행장이다. 우리의 다음 목적지다.

일제강점기 시설물들을 가장 집약적으로 볼 수 있는 곳, 알뜨르 비행장 일대

알뜨르 비행장 일대는 일제강점기 시설물들을 가장 집약적으로 볼 수 있는 곳이다. 입안에서 동글동글 굴러가는 프랑스어처럼 발음되는 '알뜨르'는 '아래'라는 뜻과 '들판'이라는 말이 합성된 제주말이다. 이름은 그렇게 조약돌처럼 예쁘게 생겼지만 여기는 철저하게 수탈의 역사를 갖고 있는 곳이다. 깨지고 부서지고, 상처투성이 가득한 땅이다.

일본은 제주에 네 개의 비행장을 건설했다. '결7호 작전'의 일환이다. 여기 이 알뜨르 비행장을 필두로 해서 현재 제주국제공항으로 이용되고 있는 정뜨르 비행장이 1942년 건설되었다. 이어 조천읍 신촌리 진드르 비행장이 1945년 초에, 같은 해 7월에 조천읍 교래리에 네 번째 비행장을 건설했다. 이 네 번째 비행장은 지금 대한항공이 사용하고 있는 정석비행장으로 추정되고 있다.

인구 70만을 넘기고 있는 현 시점에서도 제2공항 건설에 대한 찬반 여론이 팽팽한데, 인구 25만여 명에 불과하던 당시 제주에 4개의 비행장이 건설되었다고 하면, 벌써 그 피폐함이 오죽했을까 싶은 생각이 든다. 남의 손에 빼앗긴 땅, 그 땅 위에 건설되는 비행장, 그것은 번영과 발전의 의미가 아니라 땅을 빼앗긴 사람들의 또 다른 피, 또 다른 상처를 상징하는 것이었다.

알뜨르 비행장.
중일전쟁이 본격화되면서 난징을 목적지로 한 폭격기들이 이곳에서 이륙했다.

이 네 개의 비행장 중, 가장 먼저 건설되기 시작한 것은 알뜨르 비행장이었다. 1937년 7월부터 1945년 9월까지 진행된 중일전쟁 이전부터 일본은 이곳에 항공기지를 건설하기 시작했다. 1931년 3월 시작된 항공기지 건설은 1935년 60만 제곱미터 규모의 비행장으로 그 모습을 드러냈다. 대대로 농사짓고 살아온 지역 주민들의 땅을 아주 헐값에 매입해 그 주민들을 강제 동원하여 삽과 곡괭이만으로 비행장을 만들어 낸 것이다.

중일전쟁이 전면전으로 전개되면서 이곳은 전략적 요충지가 되었다. 1937년 8월 15일, 난징 폭격이 시작되면서 일본 나가사키현의 오무라(大村) 항공기지에서 출격하던 폭격기들이 제주에서 뜨고 내리는 횟수가 많아졌다. 이와 동시에 알뜨르 비행장은 확장을 거듭하여 태평양전쟁이 끝날 무렵엔 오무라 항공기지와 비슷한 규모인 총 268만 제곱미터에 이르렀다고 한다.

돌아서면 새로운 풍경, 돌아서면 신기한 자연,
돌아서면 놀라운 사실들이 촘촘하게 실재하는 제주

송악산 둘레길을 내려와 셋알오름 고사포진지로 이어지는 길을 잡아도 되지만, 자동차 여행을 하는 사람들은 해안도로를 타고 알뜨르 비행장 주차장을 찾아 서쪽으로 가 보자.

길은 임팩트가 있어야 한다. 그 길이 그 길 같으면 누가 그 길을 끝까지 가려 하겠는가. 바다가 있고, 산이 있고, 강을 건너면 드넓은 평야가 이어지고, 꽉 막힌 숲을 겨우 헤쳐 나갔는데, 불쑥 낭떠러지를 들이밀어 사람을 놀라게 하기도 한다. 바람 불고 비가 오다가 따스한 햇살이 내려와 꽃을 건네주기도 해야 한다. 여행이 길 위에 있는 것이

알뜨르 비행장 격납고.
거리를 가늠 못하는 광활한 평야지대에 역사의 음모처럼 웅크려 있다.

니, 길의 묘미가 곧 여행의 묘미다.

그런 의미에서 알뜨르 비행장 주차장은 확실한 한 방의 임팩트를 주는 곳이다. 이미 송악산 둘레길을 걸으며 세상에서 가장 아름다운 길을 걸었노라 부푼 가슴이겠지만, 그래서 더 이상의 임팩트는 이제 없다고 할지 모르지만, 아니다. 제주여행의 묘미는 돌아서면 새로운 풍경, 돌아서면 신기한 자연, 돌아서면 놀라운 사실들이 촘촘하게 실재한다는 것이다.

단단하게 다져 놓은 아픔의 역사 속으로 한 뿌리의 감자가…

어디를 내려서지도 않고 어디를 올라서지도 않았는데, 내 눈높이를 맞추며 끝없이 이어지는 알뜨르 평야는 오름과 오름 사이에서, 돌담과 돌담 사이에서 살아가는 제주인들에게 확실히 색다른 느낌을 준다. 울렁거리는 배 안에서 오랫동안 항해를 하고 돌아온 사내가 평지를 걸을 때 비틀거리는 것처럼, 시야를 막아서는 것 하나 없는 평지를 바라보고 있는데, 멀미가 느껴진다. 거리를 가늠 못하는 광활함. 거리가 느껴지지 않을 때 중심이 흔들리는 것인가. 그렇게 흔들리는 무게 중심을 느끼는 순간 멀미가 일어난다.

광활함이란 단어 속에는 비어 있음이란 의미도 함께 담겨 있다. 원래 그 안에 담겨 있던 오종종하고 작은 것들을 싹 다 밀어 버리고 마련된 공간에 광활함이란 단어가 확장되는 것이니, 그때 그 오종종한 것들, 작고 여린 것들을 끌어안으며 삶을 이어 가던 사람들이 피와 땀과 눈물로 다져 놓은 비행장터. 고단했던 그들 삶의 현기증까지 지금 내가 느끼는 이 멀미에 포함되어 있는 것인지도 모를 일이다.

곡괭이와 삽으로 다져 놓은 땅 위로 비행기 바퀴와 군인들의 발자국이 와서 다지고, 그 위로 바람과 햇살과 비와 눈, 그 위로 시간이라는 거대한 힘이 와서 다져 놓은 땅 위에 지금은 감자와 무와 마늘이 자라고 있다. 그렇게 단단하게 다져 놓은 아픔의 역사 속으로도 한 뿌리 감자가, 한 뿌리 무가, 한 뿌리 마늘이 그 역사의 아이러니를 갈라 내며 제 뿌리를 튼실하게 키워 가고 있는 그 너머로 격납고가 서 있다. 역사의 음모처럼 웅크려 있는 아치형의 콘크리트 구조물이다.

위에서 바라보면 거기에 그런 거대한 콘크리트 구조물이 있는지 모르게 위에 잔디를 심어 위장을 했다. 딱 한 대의 전투기가 들어갈 만한 크기의 이런 격납고는 이 알뜨르 비행장에 현재 20기 정도 남아 있다. 80년 가까운 세월이 지나도록 어느 귀퉁이 하나 무너져 내리는 곳 없이 아직도 건재한 채 말이다.

하루에도 수십 기의 전투기가 서쪽 중국을 향해 뜨고, 서쪽에서 돌아와 앉는 전투기마다 죽음의 냄새 먼지처럼 풍겨 오던 곳이었다. 사진 자료들을 아무리 들여다봐도 영화의 한 장면으로밖에는 실감이 나지 않지만, 아직도 선명하게 남아 있는 격납고 콘크리트 표면에서 느껴지는 감촉은 따끔따끔 그때의 상처들을 일깨워 주는 것 같았다.

나라는 되찾았지만 비행장터는 주민들에게 돌아가지 못했다

감자꽃이 하얗게 피고, 한쪽에서 마늘 수확이 한창인 농부의 얼굴에 먼지 가득 내려앉아 있어도 주름 사이 환한 웃음이 있는 곳, 때론 수확기를 놓친 무꽃이 서늘하도록 아름답게 피어 철모르는 바람의 장난에 이리저리 흔들리는 이곳, 80여 만 평의 비행장터는 현재까지 국방부 소유다.

일제강점기에 일본이 우리나라를 빼앗듯, 일본 군인들이 알뜨르 일

199

알뜨르 비행장터에 피어 있는 감자꽃.
역사의 아이러니를 갈라내며 제 뿌리를 튼실하게 키워 가고 있다.

급수탑.
알뜨르 비행장 활주로가 한눈에 들어오는 자리다.

대 주민들의 땅을 강제로 매입하여 만든 비행장터. 나라는 되찾았지만 알뜨르 비행장터는 주민들에게 돌아가지 못했다. 일본군들이 무기를 버리고 돌아간 지 70년이 넘는 동안에도 주민들은 국방부에 땅을 임대해 농사를 짓고 있는 것이다.

알뜨르 비행장 활주로 조망권은 알뜨르 비행장 주차장에서 서쪽으로 난 길을 따라 들어가다 보면 만나게 되는 급수탑 위가 으뜸이다. 난간이 없는 계단을 천천히 올라가 급수탑이 있던 콘크리트 위에 올라서면 남쪽으로 우리가 좀 전에 송악산에서 헤어진 바다가 그 자리에 있고, 동쪽으로 천천히 몸을 한 바퀴 돌리면서 보면 송악산, 산방산, 단산, 모슬봉이 시원한 파노라마처럼 펼쳐져 보인다.

그리고 남북으로 반듯하게 펼쳐져 있는 잔디밭이 서쪽 방향에서 보인다. 알뜨르 비행장 활주로다. 오랫동안 사용하지 않은 활주로는 잔디와 잡풀들이 자라고 있지만 꾸준히 관리가 되고 있는 듯하다.

이 활주로에서 뜨고 내리는 전투기들을 통제하기 위하여 근처에 비행대지휘소 또는 통신시설로 추정되는 지하벙커도 있다. 너비 28미터, 길이 35미터 규모의 반지하 형태로 만들어진 이 콘크리트 시설물도 격납고와 마찬가지로 원형 그대로 남아 있다. 셋알오름과 섯알오름 정상에는 고각포를 설치했던 흔적도 고스란히 남아 있다. 그리고 섯알오름 지하에는 탄약고를 만들었다.

두 번째를 뜻하는 '샛'

송악산 일대에는 알오름 세 개가 있다. 동쪽에 있다 하여 동알오름, 서쪽에 있다 하여 섯알오름, 그 가운데 있다 해서 샛알오름이라 하는데, 제주에서는 두 번째를 뜻하는 말로 '샛'을 쓴다. 둘째 아들을 '샛아들', 큰아버지와 작은아버지 사이를 '샛아버지'라고 부르는 것처럼….

알뜨르 비행장을 중심으로 해서 섯알오름과 샛알오름 동알오름, 그리고 송악산까지 일제가 남겨 놓은 흔적들은 그 어느 곳보다 원형이 잘 남아 있고, 서로 근거리에 있다. 때문에 다크투어를 원하는 사람들의 관심이 제일 먼저 쏠린 곳이기도 하다.

2, 30년 전만 하더라도 풍문으로만 들었던 곳을 지금은 정비된 도로와 안내표지판 등이 잘 갖춰져 있어 누구든지 쉽게 가서 보고 느낄 수 있게 되었다. 그런데 여기가 그렇게 다크투어의 제1성지가 된 것은 단순히 일제강점기 시절에 만들어진 시설물 때문만은 아니다. 아픔이 있는 곳은 그 아픔 위에 또 다른 아픔이 겹쳐지게 되는 것인지, 여기 일본군들이 버리고 간 아픔의 장소에 또 다른 아픔이 겹쳐져 있다.

검정 고무신 다섯 켤레, 섯알오름 탄약고터

다시 알뜨르 비행장 주차장이다. 비행장터가 주는 광활함. 그 광활함 속에 커다란 입을 벌리고 서 있는 격납고에 빼앗겼던 시선을 오른쪽으로 돌리면 곧게 뻗은 길 하나가 있다. 섯알오름 학살터, 또는 섯알오름 탄약고터로 가는 길이다.

1950년 8월 20일 새벽 예비검속에 의해 구금되었던 사람들이 이곳에서 집단 총살당했다. 그리고 6년 동안 시신에는 손도 못 댔다. 어느 게 아비의 시신인지, 어느 게 남편의 시신인지, 어느 게 내 아들의 시신인지조차 구분하지 못했다. 그렇게 무자비한 만행이 저질러졌던 곳이다.

반듯하게 정비되어 있는 길을 따라가다 보면 먼저 오른쪽에 '불법주륙기'라는 제목으로 사건의 개요를 설명해 놓은 비석이 서 있다. 그 아래 타다 남은 주전자, 아무렇게나 던져진 고무신, 옷가지와 대나무

섯알오름 탄약고터.
예비검속으로 구금되었던 사람들이 집단학살되었다.

바구니 등이 불에 타다 서로 엉켜붙은 모습이 구현되어 있다. 사건 당시 남편을 찾아왔다가 현장을 목격했던 이상숙 여사가 4,500만 원을 지원하면서 세워진 설치물이다.

아픈 가슴으로 불법주륙기를 읽고 나서 가던 길의 정면을 올려다보면 몇 개의 계단 위에 '섯알오름예비검속희생자추모비'가 서 있다. 계단을 올라가 추모비 앞에 서면 먼저 검정 고무신 다섯 켤레가 놓인 제단이 눈에 띈다. 왜 검정 고무신인가.

이곳은 일제강점기 군사시설 중에서도 탄약고가 있던 장소였다. 일본이 패망하면서 탄약고는 폭파되었다. 땅속 깊숙이 파묻혀 있던 탄약고가 폭발하면서 섯알오름 하나를 송두리째 날려 버렸다. 하루아침에 오름 하나가 없어지고 그 자리에 커다란 분화구 같은 웅덩이 하나가 남았다. 탄약고의 벽과 바닥이었던 콘크리트 더미가 철근과 함께 범벅이 되고, 그 위로 잡초들이 자라면서 사람들의 발길이 끊겼던 곳에. 1950년 8월 20일 새벽 두 시경 일군의 트럭들이 몰려왔다.

총으로 무장한 군인들이 내리고, 뒤이어 트럭 짐칸에 실려 있던 60여 명의 사람들을 내리게 했다. 한림 지역에서 붙잡혀 온 사람들이었다. 공포에 질린 얼굴은 칠월칠석의 어둠에서도 확연히 드러났다. 이미 죽음을 예감한 사람들은 반항하지도, 도망치지도 못한 채 한 명 한 명 총구 앞에 설 수밖에 없었다.

그리고 새벽 다섯 시경. 다시 트럭이 왔다. 130명의 사람들이 내렸다. 그리고 총구에서 불이 뿜어졌다. 사람들은 탄약고가 폭파되면서 파여 있던 구덩이 속으로 쓰러지고 또 쓰러졌다.

쓰러진 사람들의 발은 대부분 맨발이었다. 트럭에 실려 오는 동안 죽음을 예감한 사람들이 신발과 옷가지들을 벗어 트럭이 지나온 길

위에 던졌다. 죽더라도 어디에서 죽었다는 것을 알리고 싶었던 것이다. 돌아갈 길을 잃지 않기 위해 나뭇가지를 꺾어 두었던 사람들이나 빵부스러기를 흘려 두었던 동화 속 이야기가 아니라 죽음 이후에 시신으로라도 온전히 가족들에게 돌아가고 싶었던 마음으로 던졌던 고무신과 옷가지들이었다.

어디로 가고 있는지도 모른 채, 왜 죽어야 하는지도 모른 채, 트럭 속에서 신발을 벗어 던지던 사람들의 심정이 오죽했을까. 총소리를 듣고 소문을 듣고 한달음에 총살의 현장을 찾아가고서도 경찰들의 서슬 퍼런 협박에 시신도 거두지 못하고 돌아서야 했던 살아남은 사람들의 심정은 또 오죽했을까.

이들이 왜 이렇게 죽어야 했을까. 왜 죽어서도 6년이란 시간 동안 시신조차 수습하지 못하게 했을까. 얼마나 큰 죄를 지었기에 그들에게 가해진 벌이 이토록 무거웠던 것일까.

예비검속, 그 불법적인 이름

이들은 한국전쟁이 일어나면서 '예비검속'이란 이름으로 붙잡힌 사람들이었다. 예비검속은 일제강점기에 항일운동을 하는 사람들을 검거하기 위해 만들어진 법이었다. 일본에 항거할 가능성이 있다는 이유만으로 주민들을 잡아들였기에 미군정에서도 불법성이 많다는 이유로 폐기되었던 법이다. 그런데 이 법이 한국전쟁이 발발하자 뜬금없이 다시 살아난 것이다.

제주에서 예비검속 학살이 있었다면 육시에서는 '보도연맹사건'이 있었다. 6.25전쟁이 일어나자 이적행위를 할 우려가 있다는 이유만으로 마구잡이로 잡아들이고 학살을 자행한 비극은 제주와 육지를 구분하지 않았던 것이다.

불순분자들을 잡아들이라는 지시를 받은 경찰에서는 당시 요시찰 인물들을 검거했다. 대부분 4.3과 관련 있는 사람들이었다. 그리고 경찰의 개인적 원한이 있는 사람들, 밉보였던 사람들까지 무차별적으로 잡혀 들어가게 되었다. 그렇게 잡혀 들어간 모슬포 관내 대정, 한림, 안덕면 예비검속자 수는 총 344명이었다. 이들은 모슬포경찰서 대정지서 관할 절간고구마 창고와 한림지서 관할 한림항 어업창고에 수감되었다가 7월 16일 20명이, 8월 20일에 191명이 섯알오름 탄약고터에서 총살되었다.

탄약의 냄새 가시지 않은 물웅덩이에 총살된 사람들의 시신 썩는 냄새가 덧씌워지며 6년 동안 이어졌다. 아니 6년이 흐르는 동안 무고한 사람들의 죽음을 아파하는 바람과 비와 햇살이 화약 냄새와 시신 썩는 냄새를 조금씩 덜어 내 주었을지도 모를 일이었다. 그러나 살아남은 사람들 가슴에 박힌 공포와 분노, 억울함, 슬픔, 아픔, 이 복합된 감정은 끝끝내 실마리를 찾지 못하고 더 엉켜 가고만 있었다.

그러던 1956년 3월 한림 지역 유족들이 총살 현장에서 비밀리에 시신을 수습했다. 61구의 시신이었다. 골격만 갖추고 수습된 시신들이 금악리 만뱅디 공동묘지에 안장되었다. 이 소식을 들은 대정 지역 유족들이 나머지 시신들을 수습하려 했지만 이때까지도 경찰이 막아섰다. 죽음도 억울하건만 6년이란 시간이 지났음에도 시신 수습을 허락하지 않는 경찰의 입장은 무엇이었을까.

머리뼈 하나, 팔다리뼈 둘… 적당히 맞춘 유골을 묻고

유족들의 지속적인 노력 끝에 드디어 유해 발굴이 허락되었다. 1956

백조일손지묘.
백 명의 조상에 하나의 자손.

년 5월 18일이었다. 사람들은 먼저 웅덩이에 고인 물을 양수기로 퍼 올렸다. 물속에 가라앉았던 시신들이 드러났다. 이미 뼈만 남아 있는 유골이 옷가지들과 폭파되다만 콘크리트더미와 철골들에 뒤엉켜 있었다.

발굴된 시신 149구 중 17구는 옷가지와 치아, 유품으로 신원 확인이 되어 유족들에게 돌아갔다. 그러나 나머지 132구의 시신은 누가 누구인지 도저히 알아볼 수가 없었다. 분명히 내 아버지, 내 남편, 오빠, 내 아들이 이곳에서 총살되었음에도 불구하고 구분해 낼 수가 없었다.

사람들은 머리뼈 하나, 팔뼈 둘, 다리뼈 둘, 적당히 유골을 맞춰 하나씩 하나씩 봉분을 만들었다. 그렇게 뼈를 맞추어 봉분을 만들어 놓고도 그게 누구인지 말할 수는 없었기에 백 명의 조상에 하나의 자손이라는 뜻의 비석을 세웠다. '백조일손지묘'였다.

그러나 이렇게 어렵게 수습되어 안장된 묘역은 군사정권 하에서 또한 차례 수난을 겪었다. 어느 날 누군가에 의해 비석이 파손이 된 것이다. 아직 4.3의 서슬 퍼런 칼날이 사람들의 심장을 겨누던 시절, 예비검속으로 죽은 사람들의 묘역이 따로 조성되어 있다는 사실은 군사정권에게는 눈엣가시였을 것이다. 그 많은 불신과 감시의 눈초리가 결국은 백조일손지묘의 비석을 깨뜨려 버린 것이다.

사람들은 파괴된 비석의 조각들을 묘역 울타리 담장 안에 묻어 보관했다. 더러는 유족들이 파편 한 조각씩을 가져가 집에 보관하기도 했다. 깨진 돌 한 조각에 불과한 것이었지만 그들에게 이 돌조각은 제 부모의 살이고, 제 아우의 피고, 제 남편의 눈물이고, 제 아들의 한이었던 것이다. 그렇게 보관되었던 비석의 조각들은 1999년 6월, 드디어 지금의 위령비 앞에 한 데 모아져 보관되었다.

다섯 켤레 검정 고무신을 앞에 두고 술을 따른다. 손이 떨린다. 그날 그 검정 고무신을 벗어 던지던 그들의 손도 이렇게 떨렸으리라. 그들은 공포와 불안에 떠는 손이었겠지만, 지금 내 손의 떨림은 뭘까. 단순하게 그들의 공포와 억울함이 느껴져서만은 아닐 것이다. 그렇게 수많은 억울한 죽음이 있었고, 그렇게 억울한 탄압이 지금까지도 이어졌다. 그리고 조금씩 그 억울한 죽음에 대한 보상과 위로가 주어지고 있다.

그러나 그게 무슨 소용일까. 이미 그들은 죽었고, 그 죽음으로 살아남은 사람들의 가슴에 박힌 대못은 영영 빠지질 않는데 말이다. 다시는 이런 일이 반복되어서는 안 된다고 하지만 반복되지 않기 위해 우리가 할 수 있는 일은 무엇인가. 그 답변을 찾아가는 길이 쉽지가 않은데, 그나마 답변을 찾는 노력조차 게을리했던 내 행동에 대한 죄송스러움. 그게 떨림의 원인은 아닐까.

위령탑에 묵념을 하고 탄약고터 쪽으로 걸음을 옮겼다. 분화구처럼 생긴 탄약고터에 두 개의 웅덩이가 있다. 작은 웅덩이가 한림 지역 사람들 시신이 있던 곳이고 큰 웅덩이가 대정 지역 사람들이 있던 곳이다. 언제 비가 내렸는지, 웅덩이 안에 물이 고여 있다. 초록색 물빛이 바닥을 감추고 있다. 아직도 퍼내야 할 진실과 덜어 내야 할 아픔이 그렇게 고여 있다는 듯, 그렇게 썩어 가고 있다는 듯이 말이다.

한동안 두 개의 웅덩이를 바라보다 몸을 돌려 나오려는데, 탄약고터 능선을 따라가며 하얗게 뻘기꽃이 피어 있었다. 그날 여기서 돌아

섯알오름 탄약고터에 핀 삘기꽃.
무리지어 피는 꽃은 절대 쓰러지지 않는 법이다.

가신 분들의 영혼일까. 아니, 그들을 위로하는 이 땅의 모든 영혼들이 이렇게 뻘기꽃으로 찾아온 것일까. 너울너울 바람에 흔들리면서도 다시 제자리를 찾아가는 저 나약하고 아름다운 모습이 마치 촛불 같다. 몇 년 전 광화문 광장에서 시작되어 전국을 밝혔던 그 촛불처럼 말이다. 무리지어 피는 꽃은 절대 쓰러지지 않는 법이다.

두 번의 육십갑자를 돌아 만나는 신축년 항쟁의 발상지, 대정골

제주의 행정구역은 지금 두 개의 시로 나눠져 있다. 한라산 북쪽의 제주시 구역, 한라산 남쪽의 서귀포시 구역이다. 그러나 예로부터 제주는 세 개의 구역으로 나눠져 있었다. 제주시를 중심으로 하는 제주목과 제주도 서남쪽을 중심으로 하는 대정현, 그리고 제주도 동남쪽을 중심으로 하는 정의현이 그것이다. 우리의 현재 위치. 대정현에 포함된 곳이다. 알뜨르 비행장 일대를 빠져나오면 옛 대정골 지역, 지금의 안성, 보성, 인성 지역이다.

대정현의 중심 지역에 걸맞게 오래된 성담이 남아 있고 대정 지역 특유의 돌하르방이 성담을 지키고 서 있다. 추사가 귀양 와서 살았다는 곳도 여기다. 지금은 추사적거지를 복원하여 그의 글씨와 살았던 행적을 전시해 놓고 있어 여행객들의 발길을 멈추게 한다. 추사적거지 쪽으로 가기 전에 복원된 성담 옆으로 비석 하나가 서 있다. 얼핏 그저 그런, 어디서나 볼 수 있는 비석이구나 하며 지나치기 십상이지만, 이 비석은 또 하나의 제주 역사를 알아볼 수 있는 비석이다.

1809년, 두 번의 육십갑자를 돌아 만나는 신축년 항쟁의 발상지. 이

삼의사비.
신축항쟁의 세 장두 이재수, 오대현, 강우백을 기리는 비석이다.

곳 대정골에서 시작되었던 신축년 항쟁의 장두 이재수, 오대현, 강우백, 세 명의 의사를 기리는 삼의사비다. 중심이 어지러우면 그 피해는 가장 변방에서부터 나타나는 것. 고종이 마구잡이로 써 준 '여아대(如我待)' 나를 대하듯 하라는 쪽지를 들고 제주에 온 봉세관은 천주교인들을 동원해 가혹한 수탈을 자행했다.

권력을 등에 업은 자들에게서 보이던 익숙한 풍경, 약한 자들을 상대로 벌이는 횡포에 맞서 목숨을 각오하고 제일 우두머리 자리에 이름을 올린 장두 이재수, 오대현, 강우백, 정부의 입장에서 보면 당연히 반역을 꾀했던 자들이고, 천주교의 입장에서도 결코 화해할 수 없는 이름이었음에도 여기 대정골에서는 신축항쟁이 일어난 지 꼭 60년이 되는 해에 대정골 홍살문 삼거리에 삼의사비를 세웠다. 장두로서 항쟁의 책임을 지고 흔쾌히 제 목숨을 내놓았던 세 장두도 대단하지만, 그들의 의로운 행적을 잊지 않겠다며 '삼의사비'를 세운 대정골 사람들의 역사인식과 배짱도 통쾌하다.

홍살문 거리에 있던 비석이 길이 나면서 지금의 두렛물 자리에 있었을 때 나는 이 비석을 처음 만났다. 아직 이재수의 이름도 제대로 모르던 시기, 4.3의 이름만으로도 제주 역사는 너무 버겁고 무거웠던 당시, 나라를 상대로 무기를 들었던 사람들의 이름에 '의사'라는 이름을 붙이고 비석을 세운 대정골 사람들은 내게 충격이었다. 이렇게 당당한 사람들이라니… 4.3이란 단어를 소리내어 말하는 것조차 두려웠던 내 허약한 정신이 정말로 부끄럽고 또 부끄러웠었다.

그렇게 내게 부끄러움을 안겼던 두렛물의 그 비석은 얼마 후 이곳에 묻혔다. 마을 한쪽 구석에 있는 듯 없는 듯 서 있던 삼의사비를 이전해 세운 것이다.

종교가 무릇 본연의 역할을 저버리고 권세를 등에 업었을 때
그 폐단이 어떠한가…

추사 김정희의 향기를 쫓아 추사적거지를 찾아왔다면, 추사적거지 안으로 들어가기 전에 이 삼의사비도 꼭 한 번 둘러봐 주기 바란다. 그리고 이재수와 오대현, 강우백의 이름을 기억하고, 그들의 뒤를 따라 횃불을 들었던 사람들도 기억해 주기 바란다. 그리고 시간이 흘러 그들을 잊지 않기 위해 삼의사비를 세웠던 대정골 사람들도 기억해 주기 바란다. 그리고 삼의사비 뒷면에 새겨진 글귀도 한 번 읽어 봐 주기 바란다.

"여기 세우는 이 비는 종교가 무릇 본연의 역할을 저버리고 권세를 등에 업었을 때 그 폐단이 어떠한가를 보여 주는 교훈적 표석이 될 것이다…."

신축항쟁이 일어난 지 두 번의 육십갑자가 지나는 지금까지도 서늘한 경고가 되어 가슴에 꽂히는 문구가 아닐 수 없다. 이 비문은 1998년 이곳에 삼의사비를 이전하면서 오성찬 소설가가 쓴 것이라 한다.

4.3의 사람들, 김달삼과 김익렬

대정골을 나와 제주시 방향으로 올라오다 보면 4.3 사건에서 가장 중요한 기점이 되었던 장소 하나가 있다. 무장대 대표였던 김달삼과 국방경비대 9연대장 김익렬 중령 간에 평화협정이 있었던 구억국민학교 옛터가 바로 그곳이다.

1948년 4월 28일 두 명의 젊은이가 옛 구억국민학교 일본인 교장 관사에 마주앉았다. 한 명은 국가를 상대로 무장 봉기를 일으킨 사람이

며, 다른 한 사람은 무장봉기를 일으킨 자들을 진압해야 하는 군인의 신분이었다. 그러나 그 두 명은 모두 해방된 민족의 청년들이었다. 외세로부터 안전한 나라를 만들기 위해 한 명은 군인이 되었고, 한 명은 나라를 두 쪽으로 나누려는 사람들을 막아 내기 위해 그 반대편에서 무기를 들었다. 마음은 같았으나 길이 달랐던 두 사람이었다.

후에 회고록을 쓴 김익렬 중령은 그의 회고록에서 김달삼의 첫인상을 이렇게 묘사했다.

"마치 무슨 영화에 나오는 인기배우와도 같이 맑고 넓은 이마와 검은 눈썹 아래 별같이 반짝이는 두 눈, 키는 좀 큰 편이나 몸집은 그리 건강치 못하다기보다는 가냘픈 축이었다. 살빛은 모란꽃같이 뽀얗고… 목소리, 웃는 모습 좀 보기 드문 미남자였다."

김익렬 중령이 회담 장소로 출발하기 전에 두 장의 유서를 남길 정도로 두 사람의 만남은 목숨을 담보로 한 행동이었다. 그러나 같은 마음을 가진 사람들끼리의 호감도는 그렇게 팽팽한 긴장감 속에서도 서로를 바라보는 눈빛이 부드러워지는가 보다. 김달삼의 첫인상이 반란군 사령관에 대한 우리의 선입관을 상당히 깨는 모습이었던 것은 분명한 것 같지만, 두 청년이 가진 나라에 대한 마음이 서로를 움직이게 만들었던 것도 사실이었던 것 같다.

쉽지 않게 서로 마주앉은 두 청년은 제주의 앞날에 심대한 영향을 끼칠 결정들을 하게 된다. 그 내용은 첫째, 72시간 내 전투를 완전히 중지하되, 산발적으로 충돌이 있으면 연락 미달로 간주하고, 5일 이후의 전투는 배신행위로 본다. 둘째, 무장해제는 점차적으로 하되 약속을 위반하면 즉각 전투를 재개한다. 셋째, 무장해제와 하산이 원만히 이뤄지면 주모자들의 신병을 보장한다는 것이었다.

구억국민학교 옛터.
작은 표지석 하나가 그날의 현장임을 말해 주고 있다.

그렇게 1948년 4월 3일 올랐던 봉화의 불은 잘 마무리되는 것처럼 보였다. 그러나 그 후 강경노선으로 돌아선 미군정의 정책에 의해 5월 1일 오라리 방화사건이 발발하고 강경진압을 반대하던 김익렬 중령은 유혈진압을 주장하는 조병옥 경무대장과 육탄전을 벌이면서까지 저지했지만 결국 김익렬 중령은 해임되고 제주 섬은 걷잡을 수 없는 피의 시간으로 치달아 갔다. 이 과정에서 해임된 김익렬 중령 대신 새로운 사령관으로 박진경이 발탁되었다. 제주에 부임하여 근무했던 40여 일 남짓한 기간에 제주도민 6천여 명을 잡아들였던 박진경. 우리가 관덕정 옆 옥성정에서 보았던 그의 축하연과 암살사건의 빌미를 제공하게 되는 인물이다.

잃어버린 자료, 잃어버린 흔적

구억국민학교 옛터는 인터넷 지도를 검색하면 나온다. 대정읍 구억리 866-1번지. 그러나 주소를 찍고 네비게이션을 켜고 갔지만 여기가 거기인지, 거기가 여기인지 구분이 잘 안 된다. 그 흔한 '배움의 옛터'라는 팻말 하나 없다. 주변에는 새로 생긴 빌라들이 위협적으로 서 있고, 학교터에 지어졌다는 집도 없어졌다. 옛 기억을 더듬어 밭담 사이를 오가다 보면 새로 생긴 빌라로 들어가는 입구에 아주 작은 표지석 하나가 눈에 들어온다. 2018년 '문화패 바람난장'에서 세워 놓은 표지석이다. 그 표지석이 그나마 겨우 이곳이 4.28회담 장소였음을 말해 주고 있다.

1990년도 초 『월간제주』에 기자로 근무하면서 4.3에 대한 취재를 꾸준히 해 왔던 강덕환 제주작가회의 회장은 구억국민학교 옛터 교문이었던 곳에서 그리 멀지 않은 곳에 평화상회를 운영하던 박평화 할머니를 취재했었다. 할머니는 4.3 사건 당시 구억국민학교 1학년이었다. 할머니의 증언에 따르면 그날 날짜는 정확히 기억하지 못하지만 학교 앞에 갈중이를 입은 사람들이 보초를 서고 군인들이 탄트럭이 오고 가던 것을 본 기억이 있다고 했다. 할머니의 증언을 토대로 당시 구억마을 지도까지 그렸었는데, 그 자료는 지금 잃어버렸다며 아쉬워했다.

지금은 평화상회도 없어지고, 박평화 할머니도 돌아가셨을 테고, 그러는 사이 학교터는 4.3과 관련된 상징성에도 불구하고 개발 열풍에 야금야금 그 흔적을 지워 가고 있는 것이다.

내 이름은 진아영

걷기에 참 불편한 제주의 길

걷기의 열풍이 불면서 제주에 많은 길들이 생겨났다. 제주도를 완주한 올레길이 그렇고, 마을을 한 바퀴 돌아가는 마을 둘레길들이 정비되었다. 색색의 리본을 달고 숲길들이 생겨났다. 그러나 제주의 길은 걷기에 참 불편한 길이다. 걷기를 방해하는 요인들이 너무 많다. 하늘, 바다, 산, 숲, 나무, 새, 풀, 꽃, 곤충, 바람, 햇살, 그리고 그 속에 깃들어 사는 사람들까지. 이들에게 붙잡힌 시선을 어쩌지 못해 어느 순간 걸음을 멈추게 되는 것이다.

올레길 14코스가 지나는 월령마을도 그런 길 중 하나다.

저지오름을 거쳐 월령리 일주도로를 건넌 올레길이 바닷가 마을 깊숙이 들어가면 길은 해안가로 이어진다. 그러나 우리는 여기서 잠시 올레코스와 이별을 하자. 마을 깊숙이 들어서기 전에 바다를 먼저 보고 싶기 때문이다. 일주도로에서 월령삼거리 쪽으로 방향을 튼 올레코스를 버리고 월령교를 건너 곧장 바다 쪽으로 향하면 먼저 잘 다듬

219

어진 잔디밭이 눈에 띈다.

잔디밭을 비껴가며 이어지는 산책로가 사람들의 발걸음을 편안하게 하지만 걸음의 속도는 더 떨어진다. 검푸른 바다, 그 바다 빛깔을 닮은 하늘, 지구의 떨림에 반응하며 하얀 물보라를 쏟아 내는 파도, 그 파도의 끝자락을 타고 허공으로 흩어지는 바람. 이 모든 것들을 그대로 놔두고 발걸음을 옮기기에는 좀 더 많은 결단력이 필요하다.

낯선 타향에 와서 낯선 기색 없이 잘 자라는 손바닥선인장

월령리는 선인장마을이다. 국내 유일의 선인장 자생군락지다. 손바닥처럼 생겼다 하여 손바닥선인장이라고 불리는 선인장이 마을 곳곳에서 자란다. 원산지가 멕시코인 이 선인장이 여기 월령리까지는 쿠로시오 해류를 타고 왔을 것으로 알려진다. 짜디짠 바닷물을 타고 와서 현무암 틈에 뿌리를 내리기까지 얼마나 많은 시간과 생명의 헌신이 있었는지 짐작이 된다.

사람들은 온몸에 가시를 달고 있는 이 수상한 식물을 뱀이나 쥐를 근접하지 못하게 할 수도 있겠다는 생각을 했다. 그래서 울타리에, 집 둘레에 돌아가며 심었다. 선인장은 낯선 타향에 와서도 낯선 기색 하나 없이 잘 자랐다. 마을 전체가 선인장 꽃으로 가득했다. 정착 성공. 타인의 접근을 못하게 하던 가시가 이곳 월령리에서는 오히려 선인장의 번식에 더 유리하게 작용했던 셈이었다.

바다에 두었던 시선이 층층이 쌓아올린 담벼락으로 옮겨간다. 주변에 있는 돌이란 돌은 다 쌓아올렸다는 듯 크기도, 모양도 제각각인 돌담이다. 한 겹 두 겹, 어느 순간 그 구분조차 없이 덧대면서 쌓아올린 돌담은 마치 견고한 성을 연상하게 한다. 그 견고한 성 위에 마지막

손바닥선인장, 월령리는 국내 유일의 선인장 자생군락지다.

월령리해안.
바닷가에 길 하나, 그 길에 가로등 하나.

방어선처럼 선인장이 자라고 있다.

바다를 배경으로 돌담 위에서 자라는 선인장을 한 컷에 담아 본다. 멕시코 어느 바닷가라고 해도 믿을 사람이 많겠다는 생각을 한다. 데크가 깔린 길에 몇 개의 가로등이 서 있다. 그 가로등을 배경으로 젊은 여행객들이 인증샷을 남기고 있다. 바닷가에 길이 하나, 그 길에 가로등 하나, 그 가로등 아래 소녀 한 명. 참 좋은 분위기다. 사진 제목은 소녀와 가로등 정도? 이런 풍경을 앞에 놓고도 이런 제목밖에 생각이 안 난다는 게 참 난감하다.

작은 올레로 들어섰다. 올레의 의미가 요즘은 걷기 코스로 개발된 올레를 의미하는 것으로 변질이 되어 버렸지만, 올레의 원래 의미는 누구나 오갈 수 있는 큰 길에서 개인적인 공간인 집으로 이어 주는 작은 길을 말한다. 개인적인 공간의 시작이기 때문에 사생활에 대한 보호가 시작된다. 그래서 대부분의 올레는 마당까지 직선으로 이어지지 않고 빙글 돌아간다. 큰길에서 곧바로 마당까지 시선이 닿지 않게 하기 위함이다.

작은 곡선을 그리면서 길은 마을길로 이어져 있다. 누군가의 올레가 아니라, 사람들이 바닷가를 오갈 때 사용했던 길인 것 같다. 아니면 이 올레 끝에 누군가의 집이 있었지만 지금은 사라져 바닷가를 찾는 사람들의 통로가 되어 주는 새로운 역할을 부여받고 있는지도 모를 일이다.

무명천 할머니라는 이름에 고스란히 남아 있는 4.3의 상흔

그 작은 올레가 이어 준 마을길에 진아영 할머니가 사셨던 집이 있다. 불쑥불쑥 끼어든 역사의 파편처럼 키를 높인 현대식 건물이 자리

무명천 할머니 삶터.
세상에서 가장 아름다운 문패.

잡고 있는 마을길 한쪽에 할머니 몸집만한 작은 집이 앉아 있는 것이다.

내 허리춤에서 멈춘 돌담이 울타리를 치고 있고 정낭 세 개가 출입을 허락받으라는 듯 놓여 있다. 작은 잔디마당에 작은 집 한 채를 끌어안고 있는 돌담 울타리다. 정낭을 내려놓고 안으로 들어서려는데 정낭을 받치고 있는 돌담 위에 '진아영 할머니 삶터'라는 글자가 눈에 띈다. 누군가 돌담 위 돌 하나에 끌로 새겨 놓은 글자다.

세상에 그 어떤 문패보다 이처럼 아름답고 값진 문패가 또 있을까. 작지만 또렷하고, 꾸밈이 없지만 아름답다. 울퉁불퉁한 현무암 위에 새겼지만 반듯하다. 언제나 그 자리에 있지만 남들에게 먼저 제 존재를 나서서 말하는 법이 없다. 세심한 사람들의 시선에만 들어가 오래도록 마음에 남아 있는 문패다. 문패 하나가 이렇게도 감동적일 수 있다니….

진아영 할머니는 오랫동안 무명천 할머니라는 이름으로 불리웠다. 우리나라 여자들 중 온전히 제 이름으로 살아가는 사람이 얼마나 있겠는가마는 진아영이라는 이름 대신 무명천 할머니라 불린 이 이름에는 4.3의 상흔이 고스란히 남아 있다.

삶도 아니고 죽음도 아니었던 4.3의 후유장애

지금까지 우리가 돌아본 곳에서는 생과 사의 구분이 명확하게 드러난 곳이었다. 누군가는 죽었고, 누군가는 살아남아 죽은 자들의 몫까지 그 아픔으로 살아가는 장소였다. 그런데 생과 사만 있었겠는가. 삶도 아니고 죽음도 아니었던, 오히려 죽음만도 못한 삶들이 얼마나 많았겠는가. 죽음에 가까이 다가갔다가 겨우 돌아온 삶의 현실에서 아

무명천 할머니 진아영

진아영 할머니.
경찰의 쏜 총에 맞아 상실된 아래턱을 무명천으로 가리고 평생을 사셨다.

품과 외로움 속에 사셨던 분이 바로 진아영 할머니였다.

할머니는 4.3의 후유장애자였다. 경찰이 쏜 총에 맞아 아래턱을 상실한 채 평생을 살다 가신 분이었다. 어느 누구도 그 총탄의 책임을 지지 않았다. 어느 누구도 파탄 난 그녀의 인생에 사과를 하지 않았다. 사과는커녕 약값 한 봉지 사다 주지 않았다. 4.3의 후유장애자들의 보편적 삶을 우리는 진아영 할머니에게서 보게 되는 것이다.

할머니의 고향은 한경면 판포리였다. 인간성을 말살시키는 토벌이 벌어지던 1949년 1월. 할머니의 고향 판포리에서도 무장대를 소탕한다며 토벌대들이 들이닥쳤다. 방향을 잃은 총탄 하나가 할머니를 쓰러뜨렸다. 울담 아래 쓰러진 할머니를 친척들이 급하게 방안으로 옮겨 놓고 보니 얼굴이 온통 피범벅이었다. 누구나 죽었다고 생각할 정도로 부상이 심했다.

그러나 할머니는 다시 살아났다. 치료조차 제대로 받지 못했지만 가늘게 이어진 목숨을 끊어 놓지는 않았다. 대신 총탄에 날아간 할머니의 아래턱은 다시 이어붙일 수 없었다. 할머니는 아래턱이 없는 상태로, 살아온 날들보다 더 많은 날들을 살아야 했다. 모진 형벌이었다.

살아온 날보다 더 많은 날들을
그날의 트라우마에 시달리며…

서른여섯, 아직은 한창 젊은 나이에 할머니는 말을 제대로 할 수 없었고, 음식도 제대로 씹을 수 없었다. 위장병을 달고 살아야 했고, 그날의 기억에서 오는 온갖 트라우마에 시달려야 했다. 할머니는 고향 판포를 떠나 사촌들과 언니가 살고 있는 월령리로 이사를 했다.

2004년 9월 8일 할머니는 91세의 나이로 삶을 마쳤다. 2년 남짓 몸을 의탁했던 성이시돌 요양원을 떠나 근처 공동묘지로 가는 길에는 평소 그녀의 삶에 관심을 가졌던 몇몇 사람들이 뒤를 따랐다. 그리고 주섬주섬, 그녀의 삶을 이대로 잊어버릴 수 없다는 의견들이 돌았고, 그 의견은 드디어 이 작은 공간을 확보해 내었다.

확보된 공간은 할머니가 사용하시던 그 모습 그대로 보존하는 게 원칙이었다. 비가 새는 지붕을 고치고, 무너진 담장을 다시 쌓는 것 외에는 할머니가 사시던 모습 그대로 보존하기로 했다. 주방에는 할머니 손때가 묻은 냄비와 그릇들이 그대로 놓이고, 안방에는 할머니가 사용하시던 이불이 그대로 놓였다. 잠깐 집 앞에 마실 나가신 듯, 금방이라도 돌아와 그 고단한 몸을 눕히실 듯한 집안 풍경이었다.

소박하고 또 소박한, 세상에서 가장 작은 기념관

고단했던 할머니의 일상적 삶의 모습 위에 역사의 오류가 빚어낸 한 인간의 삶이 어떤 모습인지를 보여 주는 것은 반드시 필요한 것이었다. 할머니의 생전 모습을 담은 다큐멘터리 영상은 방문객들이 DVD 플레이만 누르면 볼 수 있도록 마련되었다.

그렇게 마련된 공간엔 사람들이 하나 둘 찾아와 방안을 둘러보고 할머니 사진 앞에 꽃을 놓고 갔다. 할머니의 삶을 위로하며 가슴으로 쓴 시가, 누군가의 손에 의해 한 땀 한 땀 바느질되어 창문에 걸렸다. 소박하고 또 소박한, 세상에서 가장 작은 기념관을 찾아온 누군가의 손길이 늘 머무르는 곳이 되었다.

잊지 않는다는 정신적 활동을 증명하는 것은 물질적 공간에서 비로소 완성되는 것이다. 할머니의 고단한 삶을 기억하기 위해 이렇게 공

무명천 할머니 삶터.
기억하기 위한 물질적 공간의 확보는 반드시 필요하다.

간을 확보해 낸 사람들의 노고를 생각한다. 이 공간이 없었더라면 누가 지금까지 그녀의 이름을 기억하고 있겠는가.

할머니는 자물쇠에 그렇게 집착을 하셨다고 한다. 방 하나에 부엌 하나가 전부인 집을 나설 때, 할머니는 습관처럼 문을 잠그셨다. 바로 집 앞에 나갈 때도 예외는 없었다. 집안으로 들어오는 문만 잠그시는 게 아니라 방문까지 잠그고 다니셨다. 말씀을 못하시기에 왜 그러는지에 대한 속 깊은 대답을 다 들을 수는 없었지만 그 심정만은 충분히 짐작하고도 남는다. 평생을 그날의 공포 속에서 사셨을 할머니. 심정은 충분히 짐작할 수 있지만, 그 깊이를 우리는 절대로 알 수는 없을 것이다.

사건에 비해 터무니없이 작은 수의 후유장애인

2020년부터 4.3트라우마센터가 시범 운영되고 있다. 많이 늦었지만 지금이라도 마련되었으니 다행이다 싶다. 개소 후 일 년 만에 600명 가까운 사람들이 센터의 도움을 받았다고 한다. 그만큼 트라우마에 시달리는 사람들이 많았던 것이다.

많은 사람들이 이런 기관의 혜택 한 번 받지 못하고 세상을 달리하셨다. 심리치료는 고사하고 적대시하고 불온시하는 눈빛을 받으며 평생을 사시다 가셨다. 누군가 그들의 말을 들어주고, 괜찮다고 단 한 번만이라도 등을 쓸어 주었더라면, 꽁꽁 뭉쳐 있던 가슴속 응어리 조금 풀리지 않았을까. 그 수많은 불면의 밤이 조금 줄어들지 않았을까.

할머니는 4.3으로 인한 희생자가 분명하지만 정부로부터 어떤 지원도 받지 못했다. 아픈 몸으로 바다에서 톳을 따다 팔았다. 그 작은 돈이 생계비와 약값을 마련할 수 있는 전부였다. 노무현 정부 들어서야 겨우 후유장애를 인정받아 850여 만 원의 치료비를 받은 게 전부였다. 국가는 그녀에게 가한 폭력에 대해 어떠한 위로도, 어떠한 보상도 제대로 하지 않았다. 한 사람의 인생을 송두리째 날려 버리고, 아주 오랜 시간이 지나고 나서야 고작 850여 만 원의 치료비를 내밀었던 것이다.

4.3위원회 심의를 통해 후유장애로 인정된 사람들은 현재 200명이 채 안 된다. 사건에 비해 후유장애가 터무니없이 적은 숫자다. 70여 년의 시간이 흐르는 동안 살아계신 사람들도 적어졌지만, 무엇보다 증거를 대기가 어렵다는 것이다. 4.3으로 인한 부상과 상처들이 시간이 가면서 아물고, 흔적이 남더라도 그게 4.3으로 인한 흔적이라는 사실을 증명해 내기는 어려웠다. 더구나 누구나 쉬쉬하면서 살았던 그 오랜 기간 누가 제 상처를 그렇게 드러내려 했겠는가. 4.3에 대해 말할 수 있게 시간이, 연좌제니 불온하다느니 하면서 입이 틀어막힌 채 살아온 시간보다 절대적으로 부족한 상태에서 말이다. 후유장애자들이 적을 수밖에 없는 이유다.

무덤만이라도 남들과 다르지 않기를…

언젠가 할머니의 기일에 맞춰 그녀가 누워 있는 무덤을 찾은 적이 있었다. 비가 촉촉이 내리다 그친 날이었다. 할머니 몸집처럼 작은 봉분들이 줄을 맞춰 나란히 놓여 있었다. 그 많은 무덤들 중에 어느 게 할머니 무덤인지 찾기 위해서는 비석에 쓰인 이름을 찬찬히 들여다 봐야만 했다. 할머니의 무덤은 그 많은 무덤과 무덤 사이 특별할 것 하나 없는 모습으로 있었다.

아주 조금 위안이 되었다. 여기서는 할머니가 특별하지 않았으면 좋

진아영 할머니 무덤.
맨손으로 벌초를 하는 사람들.

겠다는 생각을 했던 것일까. 얼굴에 무명천을 감지 않아도 되고, 남들 앞에서 밥을 먹어도 되고, 하고 싶은 얘기 마음껏 또박또박 할 수 있기를 바랐다. 남들과 똑같이 말이다. 아니, 그건 어차피 우리가 확인할 수 없는 것들이고, 무덤만이라도 남들과 다르지 않기를 바랐다.

누군가 할머니 이름이 적힌 비석을 손으로 쓸다 무덤에 덮힌 풀을 손으로 뜯어냈다. 물기를 가득 머금은 초록색 풀이 뚝뚝 잘려 나왔다. 또 다른 손이 또 다른 풀을 뜯어냈다. 그렇게 손으로 뜯어낸 풀이 수북이 쌓여 갔다. 어느새 할머니 무덤은 깔끔하게 벌초가 되어 있었다.

할머니가 돌아가신 지 벌써 20년이 다 되어 간다. 그 사이 4.3에 대해 관심을 갖는 사람들도 많아져서, 제주여행 코스에 4.3 관련 장소를 넣는 여행객들도 많아졌다. 그렇게 찾는 4.3 관련 장소 중 가장 인상적인 장소 중 하나가 바로 여기 진아영 할머니 삶터라고 한다.

뜬구름처럼 느껴졌던 4.3이란 역사적 실체가 가장 구체적으로 와닿는 곳이기 때문이다. 내가 만난 어느 학생은 이곳에서 자신의 할머니 모습을 떠올리며 눈물을 흘리기도 했다. 바로 내 이웃의 아픔이 눈앞에서 재현되고, 그 아픔의 원인이 곧바로 역사적 사실에 귀결되고 있기 때문이다.

방문객 모두가 진아영 할머니 삶터 관리인

진아영 삶터를 관리하는 사람은 따로 없다. 방문객 모두가 관리인이다. 그래서 진아영 할머니 삶터는 방문할 때마다 모습이 조금씩 달라진다. 마당의 잔디가 곱게 깎여 있을 때가 있고, 집으로 들어가는 문 앞에는 그때마다 다른 화분이 놓여 있기도 한다. 가을에는 국화꽃이 핀 화분이, 평소엔 탱글탱글한 다육이가 자라는 화분이 놓여 있기도 한다.

작은 마당이지만 계절마다 주는 느낌은 다르다. 돌담 울타리 아래 가자니아가 예쁘게 피어 있기도 하고, 서쪽 벽을 따라 자라는 담쟁이는 여름 한철 푸르게 뻗어 있다가 겨울이 되면 한 해의 궤적을 남겨 두고 사라진다. 마당 한쪽에 있는 수돗가, 그 옆에서 두 쪽이 난 채로 비스듬히 놓여 있는 빨래판까지 고도의 계획에 의해 배치된 듯한 느낌이다. 수많은 사람들이 찾아와 마음이 시키는 대로 마당을 꾸미고 집안을 꾸미지만 그 모든 것들은 조화롭고 자유롭다. 계절마저, 시간마저, 날씨마저 그 조화롭고 자유로움에 동참한다.

진아영 할머니 삶터는 할머니를 사랑하고 아끼는 모든 사람들과 자연이 함께 만들어 가는 공동창작 작품이다.

이덕구 산전

한 번도 안 걸은 사람은 있지만,
한 번만 걸은 사람은 없다는 사려니숲길

제주를 여행하는 사람들이 꼭 한 번은 들어봤고, 언젠가 한 번쯤 꼭 걸어 봐야지 하는 곳 중 하나가 사려니숲길이다. 한라산 깊숙한 숲속 정취를 고스란히 느낄 수 있지만 접근성이 좋고, 트레킹 코스가 다양하게 잘 정비되어 있어서 누구든지 큰마음 먹지 않아도 찾을 수 있는 곳이다. 그래서 다른 여느 숲길보다 사람들이 많이 찾는 곳이다.

사람이 많다고는 해도 코스가 길고 다양해서 숲길을 걸을 때마다 코스와 소요시간을 달리하다 보면 새로운 감동과 새로운 느낌을 가지고 돌아갈 수 있는 곳이다. 그래서 흔히 하는 말로 사려니숲길을 한 번도 안 걸은 사람은 있지만 한 번만 걸은 사람은 없다는 말이 나올 정도다.

제주시에서 접근을 한다면 5.16도로를 타고 가다 5.16도로 교차로에서 비자림로 쪽으로 방향을 돌린다. 제주시를 빠져나온 차량이 한라산 오르막길을 구불구불 돌아가며 힘들게 오르다 견월악을 지날 즈음 삼거리가 나오는데 거기가 바로 5.16도로 교차로다.

5.16도로 교차로에서 비자림로로 방향을 틀면 풍경이 바뀐다. 지금까지는 한라산을 타고 오른다고는 하지만 한라산 중턱까지 올라와 생활 터전을 일구는 사람들 영향으로 자연의 느낌을 오롯이 느낄 수가 없었다. 그나마 산천단을 지나 제주국제대학교를 지나면서 콘크리트 건물은 끊기고 제주마방목지를 지날 즈음엔 도심지에서 막혔던 숨통이 트일 것 같다. 크게 심호흡을 한 번 하는 사이, 이윽고 얼핏얼핏 한라산 속살이 보이기 시작한다. 한라산을 지켜온 근육 단단한 나무들이 길을 건너 산등성이로, 길을 건너 산비탈로, 숲속에 숲을 덧대며 서 있다.

한라산의 속살을 잠깐 보여 준 길이 견월악을 지나 비자림로로 들어서면 우리는 수직으로 서서 아스팔트 길을 도열하고 있는 삼나무들을 만난다. 수직의 아스팔트 길이 앞으로 뻗어나가다 소실점에 다다르면 길은 소실점을 중심으로 두 개의 삼나무 줄을 세워 기존의 아스팔트 길 양옆으로 또 하나의 수직선을 그리며 내려온다. 지금까지 보아 온 한라산 숲을 바로크양식이라고 한다면 여기선 여지없이 고딕양식이다. 군더더기 없이 깔끔하게 정돈되어 늘어선 길은 곧 몇 번의 커브를 돌아 사려니숲길이 시작되는 입구에 다다른다.

우리를 내려놓고 다시 출발한 버스는 곧 교래리를 지나 대천교차로에서 번영로를 타고 성읍을 거쳐 표선에 도착할 것이다. 내가 고등학교에 다니면서 일주일에 한 번씩 타고 다녔던 그 길이다. 당시만 해도 표선에서 제주시를 오가는 최단 코스의 길이었다. 표선에서 버스를 타고 나서 족히 한 시간을 넘기고서야 버스는 제주시 시외버스터미널

비자림로 삼나무길.
한라산 숲길이 바로크양식이라면 비자림로 숲길은 고딕양식이다.

에 도착했다. 기름 냄새가 멀미를 유발하고 구불구불 돌아가는 길과 덜컹거리는 버스는 구토를 유발했다. 그럼에도 길은 창밖 풍경을 쉴 새 없이 바꾸면서 천천히 우직하게 한라산을 넘어 우리를 제주시로, 표선으로 데려다 주었다.

겨울 한라산을 실시간으로 감상할 수 있는 길

겨울이면 길은 걸핏하면 끊겼다. 유독 눈이 많았던 시절. 표선이나 제주시에 눈이 오지 않더라도 한라산 정상에 흰빛이 비친다 싶으면 버스가 끊겼다. 한라산 깊숙이 들어온 길에는 여지없이 상상을 초월하는 눈이 쌓였고, 겨우 버스가 다니기 시작한 날 버스를 타면 길 양 옆으로는 휘몰아치는 바람의 흔적을 고스란히 담은 눈덩이가 뭉게뭉게 쌓여 있었다. 눈덩이에 새겨진 유장한 바람의 곡선을 감상하는 건 어린 버스 승객이었던 내게 더없는 즐거움이었다.

눈발이 날리기 시작할 때 길이 끊기기 전 서둘러 버스를 타면 겨울 한라산이라는 도화지 위에 그려지는 하얀 눈 그림을 실시간으로 감상할 수 있었다. 추적추적 겨울비가 내리던 길이 제주대학교를 지날 즈음, 산천단을 지날 즈음 싸락눈으로 바뀌다, 국제대학교를 지나면 폴폴 날리는 작은 함박눈으로 변한다.

언뜻언뜻 나뭇가지 위에 내려앉는 눈송이들을 보면서 버스가 마방목지에 다다르면 우리는 문득 하얗게 변한 광활한 광장을 만나게 된다. 마소가 다져 놓은 마방목지 초원이 하얀 눈으로 덮힌 것이다. 하얗게 변한 광장에 서 있는 소나무에는 이미 하얀 눈송이들이 내려앉아 있다. 광장의 광활함과 멀리 듬성듬성 하얀 가지를 늘어뜨리고 선 소나무의 풍경은 한 폭의 동양화를 연상하게 한다. 그림에 전혀 관심이 없었대도 이쯤에선 붓을 들고 저 소나무 하나를 그려 보고 싶어진다. 하얀색만으로 채워지는 도화지 위에 저 광장의 여백을 하얗게 하얗게 채워 보고 싶어지는 것이다.

그런 욕구를 누르며 승객들은 작은 감탄사를 내뱉고, 버스는 그 작은 감탄사를 자랑스레 싣고 뒤뚱뒤뚱 엉덩이를 흔들며 또다시 길을 달린다.

> 작은 이파리에 작은 눈송이,
> 큰 이파리에 큰 눈송이,
> 과유불급의 이치를 실천하는 눈송이들

눈이 내려앉는 한라산의 겨울 숲. 작은 이파리에 작은 눈송이, 큰 이파리에 큰 눈송이, 가느다란 나뭇가지에 가느다랗게 쌓인 눈송이들. 욕심부리지 않고 주어진 대로 제자리를 찾아 앉는 눈송이들이었다. 과유불급의 이치를 정확히 알고 실천하는 눈송이들은 좀 많이 쌓인다 싶으면 여지없이 제 몸을 떨궈 낼 줄도 알았다. 나뭇가지에 쌓인 눈이 문득문득 떨어져 내리는 모습도 천천히 움직이는 버스 안에서는 다 보였다.

불도저식으로 심어지던 삼나무들이 왜 이렇게 한라산 깊숙한 곳까지 심어졌는지는 모르겠지만, 인간이 허락한 터에 뿌리를 내리고 자연이 허락하는 대로 자라던 삼나무 나뭇가지가 어느 순간 단발머리를 한 모습처럼 깔끔하게 다듬어졌다. 사람도 머리 모양에 따라 이미지가 달라지듯, 그렇게 다듬어진 삼나무 길은 한국의 아름다운 길에도 몇 번 선정이 될 정도로 색다른 길이 되었다. 물론 그 전 모습이 덜 아름다웠다는 것은 결코 아니다.

나는 이 길을 지날 때마다 정책을 시행하는 사람들의 생각이 얼마나 중요한지를 자주 생각한다. 삼나무는 심어진 이후 그 누구의 도움도 없이 혼자 잘 자랐다. 뛰어난 적응력은 그 주변 어느 나무들보다 키를 높였다. 늘어진 가지가 지나는 차량에 방해가 되면 겨우 그 가지 몇 개를 잘라 냈다. 단정치 못한 나무가 길을 따라 자라고 있었다.

그러던 것이 어느 날 삼나무 가지가 일정 높이로 다듬어졌다. 주변에 어지럽게 자라던 잡풀들을 조금 걷어냈다. 그것뿐이었는데 길은 환골탈태를 했다. 무턱대고 꾸역꾸역 심어진 삼나무들을 곱지 않은 시선으로 보던 당시에 이렇게 멋진 삼나무 길을 만들어 낸 것이다. 지금도 그 길을 지날 때면 그때 이 길 정비 계획을 세웠던 어느 이름 모를 공무원에게 감사의 말을 전하고 싶어진다.

역사의 야사에서 정사로 올라선 사려니숲길

스쳐지나가기만 하던 길에 사람들은 차를 세웠다. 그리고 연인과 함께, 가족들과 함께 기념촬영을 하기 시작했다. 아름다운 건 아무리 감추려 해도 드러나는 법이다. 그렇게 소문이 나기 시작하던 길 안쪽으로 어느 날 산책길 하나가 정비되었다. 예로부터 한라산 품에 들어 꿀을 따던 사람들, 표고버섯을 키우던 사람들이 이용하던 길이었다. 길은 꽤 멀리 이어졌다. 물찻오름을 거쳐 붉은오름까지, 남원의 사려니오름까지.

역사의 야사에서 에피소드처럼 이어지던 길이 사려니숲길이라는 이름으로 드디어 정사에 기록된 것이다. 힐링이라는 단어가 화두로 떠오르면서 사려니숲길도 점점 사람들로 북적였다. 국제트레킹대회가 열리고, 각종 자연친화적 주제를 달고 숲길 행사가 이어졌다. 그러나 사람들이 많이 찾으면 반드시 그 폐단이 나타나게 마련이다.

사람의 힘이 얼마나 크고 우악스러운지…

자가용을 타고 온 사람들이 숲속에 차를 댔다. 차를 대기 위해 나무들을 베어 냈다. 나무 아래 살던 작은 나무들이 베어졌다. 그러고도 주차장은 모자랐다. 주차장을 벗어난 차들이 도로에 불법주차를 하고 주말이면 길 양옆으로 세워진 차량들로 해서 통행이 어려웠다. 어쩌다 주말에 그 길을 지날라치면 교통을 정리하는 경찰차들과 경찰관들의 호각 소리, 막힌 도로에 짜증을 내는 운전자들의 경적 소리가 고요한 숲속을 흔들어 댔다.

여기가 힐링의 장소가 맞는가. 숲속에 마련된 주차장이 위태위태하게만 보였다. 이런 상태가 계속된다면 주차장이라고 마련된 한가운데 겨우겨우 서 있는 나무들까지 싹 베어 내 주차장을 넓힌다고 할 것만 같았다. 그러나 다행인지 불행인지 주차장은 사려니숲길 입구에서 벗어나 다른 곳에 생겼다. 물론 새로 생긴 주차장도 한라산 숲을 밀어내고 만든 것이다. 겨우 사려니숲길을 보존한 것에 지나지 않았지만 그것만이라도 어디냐고 위안을 삼아야 할지는 판단이 안 선다.

사람의 힘이 얼마나 크고 우악스러운지 우리는 종종 그 사례를 본다. 사려니숲길이 만들어지고 나서 사람들이 많이 찾아오고 사람들은 숲길을 걸으며 좋은 감정과 기분을 느끼면서 돌아간다. 그러나 그 사람들의 몸무게를 실었던 흙, 그 사람들이 내뿜었던 공기, 그 사람들이 숲을 만지던 손길, 그런 것들은 숲에 많은 영향을 주었다. 그래서 물찻오름과 사려니오름은 지금 자연휴식년제를 번갈아 가며 시행 중이다.

물반 고기반이었던 물찻오름 산정호수

90년대 초에 지인들과 물찻오름에 올랐던 적이 있다. 이제 막 제주도 오름에 대한 관심을 가지기 시작할 때였고, 지방 일간지에 처음으로 오름 소개가 연재로 실리던 때였다. 우리는 한라산 5.16도로를 타고 가다 성판악에서 버스를 내렸다. 성판악에서 제주시 방향으로 조금 걸어 내려오면 한라산 아래쪽으로 조그마한 오솔길이 나 있었다. 우리는 그 길로 들어섰다. 한 사람이 겨우 지나갈 만한 길이었다. 이 길은 그 후 사려니숲길이 개방되고 나서 숲길로 접근하는 한 코스가 되었으나 지금은 이용하지 않는 길이 되었다.

아무튼 우린 그 길을 인솔자였던 한 선배의 기억력에 의지하면서 내려갔다. 이번 오름 산행을 준비하면서 선배는 장난처럼 낚시대를 준비해야 한다고 했다. 그 말이 무슨 말인지 몰랐지만 우린 어렵게 물찻오름 정상에 올라 다시 분화구에 내려서서야 그 말뜻을 이해할 수 있었다.

누가 풀어놓았던 것인지, 분화구 가득 고인 물속에 갓난애기 몸통만한 물고기들이 가득했다. 그야말로 물반 고기반이었던 것이다. 물속에 사는 건 다 물고기라는 이름으로 통칭되는 나의 무지에 의한다면 민물에 사는 고기니까 잉어나, 붕어 종류가 아닐까 싶었다. 사람이 다가가도 아랑곳하지 않고 유유자적 헤엄치는 모습을 보며 손을 뻗고 싶은 욕망이 가득했었다. 손만 대면 스스로 내 손에 와서 물고기가 잡혀 줄 것만 같았던 것이다. 그러나 그 물고기들이 바보는 아니었다.

그리고 일 년 후 우연찮은 기회에 똑같은 코스를 걸어 다시 찾은 물찻오름 분화구는 조용했다. 물고기의 씨도 보이지 않았다. 이럴 수가 있는가. 우리는 그 믿기지 않은 사실에 경악했다. 낚시대를 메고 물찻오름을 올랐던 사람들이 그렇게 많았던 것이다. 일 년 만에 그 넓은 분화구를 가득 메우던 물고기를 절단 낼 수 있는 힘이 우리 사람에게 는 있었던 것이다. 경계하고 또 경계해야 할 무서운 힘.

인솔자가 필요한 이덕구 산전

우리가 여기 사려니숲길을 찾은 것은 물론 사려니숲길이 제주여행을 하는 사람들이면 으레 한번쯤 계획에 넣는 곳이어서 이기도 하지만, 우리의 이번 목적은 사려니숲길이 아니다. 사려니숲길에서 시작하는 이덕구 산전을 찾기 위함이다.

지금까지 제주 4.3의 흔적을 따라 제주도 한 바퀴를 돌았다. 대부분 유명 여행지로 사람들이 많이 찾는 곳이고, 그런 장소에 그런 슬픈 사연이 있는지도 모른 채 많은 사람들이 오고가는 곳이다. 접근성이 좋아 언제고 어느 때고 혼자든 여럿이든 찾을 수 있는 곳이었다. 그러나 지금 우리가 가려고 하는 이덕구 산전을 찾기 위해서는 준비를 좀 해야 한다. 그렇다고 뭐 대단한 무엇을 준비할 건 없다. 혼자서는 좀 무리라는 얘기다. 그동안 각종 지역단체에서 길을 정비한다고는 했지만 한라산 깊숙이 오솔길을 따라가야 하는 길이므로 정확히 길을 알고 있는 사람의 인솔하에 가는 것이 좋다.

사려니숲길을 따라간다. 한라산을 내려가는 길이므로 숨도 편안하다. 울울창창한 한라산 숲이 초록색 공기를 내뿜는다. 봄과 여름에 가득했던 풀꽃들이 서서히 꽃잎을 지우며 가을을 준비하고 있다. 여름과 가을 사이 환절기를 지나고 있는 숲은 온통 초록이다. 울긋불긋하던 꽃잎은 지워졌고, 아직 단풍은 오지 않았다.

그럼에도 초록의 그라데이션은 얼마나 우리를 황홀하게 하는지…

사려니숲길.
이 내창을 지나면 바로 오른쪽으로 난 오솔길이 있다.

북받친밭으로 가는 오솔길.
호젓함을 느끼며 걷기에 안성맞춤인 길이다.

나무마다 이파리마다, 그 이파리에 닿는 햇살의 기울기에 따라, 그 이 파리에 닿는 바람의 강도에 따라 수십 가지의 초록 색감을 자랑하는 숲이 사람들의 머릿속을 정화시켜 낸다. 폐부를 찔러 오는 초록 공기를 느끼며 천천히 걷다 보면 길을 가로지르는 내창이 나온다. 벌써 두 번째 내창이다.

배고픈 다리처럼 아래쪽으로 휘어진 시멘트길 오른쪽, 하늘 쪽으로 휘어진 나무 다리 하나가 서 있다. 아마도 비가 많이 와서 내창에 물이 흐르게 되면 건너라고 만들어 놓은 길인가 보다. 사람들 편하자고 굳이 이런 것까지 만들었어야 하나, 하며 예민하게 신경을 곤두세운다. 비가 와서 물이 불어나 길이 막히면 안 가면 그만인데, 굳이 그런 날까지 사람들 지나가라고 이런 길을 만들었어야 하나, 하는 생각이 었다. 그러나 자연환경을 보존하는 길과, 사람들의 안전을 생각하는 두 갈래 길 사이에서 치열하게 고민했던 담당자들의 노고도 한 번쯤 생각해 볼 일이긴 하다.

제주 4.3 유적지(교래 북받친밭) 이정표를 따라 오솔길로

그 다리가 있는 내창을 지나면 바로 오른쪽으로 난 길이 나온다. 우리는 사려니숲길을 버리고 이 길로 들어설 것이다. 길은 편안하게 우리를 인도한다. 길 양옆으로 조릿대가 가득하고 이 길 끝에 있는 표고버섯 농장으로 이어진 길은 트럭 한 대가 오갈 수 있는 넓은 길이다. 숲길이 주는 호젓함을 만끽하며 걷다 보면 다시 오른쪽으로 조릿대를 헤치며 나 있는 작은 오솔길을 만나게 된다. 그 길 앞에 제주 4.3 유적지(교래 북받친밭)라는 표지판이 서 있다. 이 표지판을 이정표 삼아 오솔길로 들어선다.

이덕구 산전.
무너진 돌담에 깨어진 솥 하나, 깨어진 사기 하나.

마침 표고밭 농장으로 가던 농부가 우리 일행을 보고 뱀 조심하라는 인사말을 덧붙인다. 가을이라 유독 뱀독이 강할 때다. 갑자기 발밑이 걱정스러웠지만 우리가 뱀을 무서워하는 것보다 뱀이 우리를 더 무서워할 것이라는 누군가의 농담을 위안 삼아 한 줄로 늘어서서 걸었다. 한두 사람이 다닐 만한 오솔길은 내창에서 문득 끊어졌다가, 어림잡아 겨우 내창을 건너는 우리를 기다려 주었다.

잠깐 땀이 흐르고, 숨이 가빠오면서 우리들의 목적지 위치가 궁금할 때쯤 돌담을 정성스럽게 올린 무덤 하나가 나온다. 이 무덤이 두 번째 이정표다. 다 왔다.

무덤을 지나면 곧 거의 평평한 경사도의 숲속이 나타난다. 때죽나무, 윤노리나무, 그 외 이름을 알지 못하는 활엽수가 가득 들어찬 숲에 직사각형 모양의 돌담이 있다. 땅을 야트막하게 파내고 주변을 흙과 돌담으로 경계를 만들었다. 그 위에 위장막 겸, 보온 겸, 나뭇가지나 풀을 덮었겠지만 지금은 사각형 틀만 남아 있다. 여기가 우리들의 목적지 이덕구 산전이다.

반듯한 사각형 공간 위로 풀씨가 날아와 뿌리를 내리고 나무들이 자라났다. 사람들이 떠나간 자리에 풀과 나무가 자라면서 뚜렷하던 경계선도 조금씩 지워져 갔다. 무너진 돌담 위에 깨어진 솥이 녹이 슨 채 놓여 있고, 그 솥에서 꺼낸 음식을 담아내던 사기그릇이 역시 깨어진 파편조각이 되어 솥 옆에 얌전히 놓여 있다.

탐라미술인협의회에서 만들어 놓았다는 청동 밥상 하나가 제사상처럼 놓여 있다. 얼마 전에 왔을 때는 이 밥상 위에 커다란 밥주걱 하나가 역시 청동으로 만들어져 있었는데, 그건 누군가가 떼어 갔는지 없다. 이 밥상도 이곳을 지나던 누군가가 가져가 버렸던 것을 겨우 돌려놓은 것이라고 했다. 숲속에 놓여 있는 청동 밥상을 무심코 들고 갔다가 나중에 그 의미를 알게 되어 돌려놓은 것인지, 아니면 누군가의 집요한 추적이 있었던 것인지 밥상은 예전의 자리로 돌아왔다.

죽어서 아무런 이유가 없어져 버린 것이 억울한 것

돌담 옆으로 나무 표지판 하나 글자가 희미한 채로 세워져 있다. '아무런 이유 없이 억울하게 죽은 것이 아니라 죽어서 아무런 이유가 없어져 버린 것이 억울한 것이다.'라는 글자다. 목요일마다 강정해군기지 앞에서 시를 낭송하면서 강정해군기지 건설을 반대했던 김경훈 시인의 시 〈아무런 이유없이〉의 한 구절이다. 강정해군기지 건설 반대를 외치며 아직까지도 싸우고 계신 문정현 신부님이 만든 표지판이라 한다.

같이 이덕구 산전을 찾았던 김수열 시인은 문정현 신부님이 이 표지판을 만들어 놓고, '가서 세우라' 하니 젊은 추종자들이 십자가 메듯 나무 표지판을 메고 와서 세운 것이라고 했다. 굳이 종교성을 내세우려는 게 아니라 그만큼 이곳을 대하는 사람들의 마음이 반영된 얘기였다.

나무 표지판 하나를 만들고, 그 표지판을 어깨에 메고 와 세워 놓는 뜻, 청동 밥상 하나를 만들어 펴 놓고 거기에 배낭 깊숙이 담아 가지고 온 막걸리 한 잔, 고기 한 점 올리는 마음, 오가는 사람들과 오가는 들짐승들, 오가는 자연이 지켜 내는 이곳의 의미에 대해 이제 우리 찬찬히 들여다봐야 할 것이다.

이덕구 산전이라는 이름이 붙긴 했지만 정작 이덕구 인민유격대장이 이곳에 머물렀던 시간은 아주 짧았다는 데 의견의 일치가 되어 있는 듯하다. 오히려 이곳은 4.3의 죽음을 피해 몰려온 사람들의 피난처였다. 봉개, 용강, 회천, 도련 사람들이 숨어들어 아는 얼굴들끼리 그

오래된 나무 표지판.
김경훈 시인의 시 한 구절이 쓰여 있다.

룹을 지어 살던 곳이었다. 1948년 말부터 1949년 3월경까지 이곳 북받친밭에는 이렇게 서로의 체온만으로 추운 겨울을 견디며 버틴 사람들이 있던 곳이었다. 이 겨울 동안 이덕구 부대가 잠시 이곳에 머물렀다는 증언이 있다.

인민유격대 총사령관 이덕구

이덕구는 이미 우리가 한 차례 만난 적이 있다. 관덕정 광장에서였다. 그의 죽음이 전시되었던 관덕정 광장이었다. 그의 죽음으로 해서 4.3은 서서히 역사의 뒤안길로 접어들기 시작했다. 그리고 제주의 동쪽으로 방향을 잡고 시작된 우리의 여정에서 조천을 지날 즈음, 조천중학교 앞을 거쳐 왔다. 그 조천중학교의 전신은 이덕구가 선생이 되어 아이들을 가르치던 조천중학원이었다. 그는 이 학교에서 역사와 사회 체육을 가르쳤다.

그는 1947년 3.1 사건과 관련, 취조를 받는 과정에서 고막이 터졌다고도 하며, 조천중학원 파업과 관련하여 한 달 이상 구금이 되기도 했다고 한다. 이 후 학교에 휴가원을 내고 잠적 상태였던 이덕구는 4.3 항쟁이 발발하자 입산한 것으로 알려진다. 입산 후 조천면 유격대장이 되어 항쟁을 이끌어 나가다 1948년 8월 해주에서 열리는 인민위원회 대표자회의에 참석해서 자리를 비운 당시 인민유격대 사령관 김달삼의 뒤를 이어 인민유격대 총사령관이 되었다.

1948년 10월 정부가 제주에 경비사령부를 설치하여 토벌작전을 단행하자 이덕구는 토벌군과 통치기관들에게 '호소문'을 발표했다.

'친애하는 장병, 경찰관들이여! 총부리를 잘 살펴라. 그 총이 어디서 나왔느냐? 그 총은 우리들이 피땀으로 이루어진 세금으로 산 총이다. 총부리를 당신들의 부모, 형제, 자매들 앞에 쏘지 말라. 귀한 총자 총탄알 허비 말라. 당신네 부모 형제 당신들까지 지켜 준다. 그 총은 총 임자에게 돌려주자. 제주도 인민들은 당신들을 믿고 있다. 당신들의 피를 희생으로 바치지 말 것을! 침략자 미제를 이 강토로 쫓겨내기 위해! 매국노 이승만 일당을 반대하기 위하여! 당신들은 총부리를 놈들에게 돌리라. 당신들은 인민의 편으로 넘어가라. 내 나라 내 집 내 부모 내 형제 지켜 주는 빨치산들과 함께 싸우라. 친애하는 당신들은 내내 조선 인민의 영예로운 자리를 차지하라!'

1948년 10월 24일 결기에 찬 호소문을 발표하고 난 이후 이덕구가 이끄는 무장대들의 활약은 더욱 치열하게 전개되었다. 국군 9연대 6중대를 공격해 국군 21명이 사망하는 전과를 올리기도 했다. 이덕구가 지휘하는 주력부대는 기습 공격을 감행하고, 도청을 방화하고 지서를 습격하는 듯 그 기세를 떨쳤다.

그러는 사이 이덕구는 제주도민들에게 신화와 같은 존재가 되어 갔다. 지형지물을 이용한 전략과 전술로 뒤쫓아오는 토벌대를 피할 뿐만 아니라 그들에게 치명적인 타격을 가하는데 타고난 전략가의 모습을 보였다. 목이 긴 가죽 장화를 신고, 말을 탄 이덕구를 봤다던 사람들은 하나같이 그 신출귀몰함과 예사롭지 않은 풍모를 얘기한다.

그러나 뛰어난 지도력으로 항쟁을 이끈 이덕구였지만 갈수록 대규모로 지원되는 토벌대를 끝까지 이겨 낼 수는 없었다. 1949년 6월 7일 화북지서에서 출동한 토벌대에 포위되어 격전 끝에 이덕구는 사살 또는 자살한 것으로 추정된다. 토벌대들은 당연히 자신들의 총에 사살되었다고 주장했으나 이후 관덕정에 내걸린 시신의 사진을 보면 사살

된 주검이라고 보기엔 상처 없이 깨끗한 얼굴이었다고 한다.

스물아홉 젊은 생을 마감한 비운의 청년

어느덧 백여 명 안팎으로 줄어든 유격대원들에게 이덕구는 산을 내려가 자수할 것을 마지막 명령으로 내렸다고 한다. 항쟁을 성공시키기에는 중과부적임을 아프게 인정할 수밖에 없었던 대장으로서의 마지막 명령이었을 것이다. 주저하는 사람들을 떠나보내고 난 뒤 마지막까지 자신을 따르는 몇 명의 사람들과 남은 이덕구는 자신을 향해 퍼부어지는 토벌대들의 총알을 피하다 결국은 자신에게 남은 단 한 방의 총알을 자신의 머리를 겨냥했을 것이다.

학생들에게는 재미있고 엄격한 선생이었고, 무장대에게는 현명하고 용감한 유격대장이었으며, 나라의 앞날을 걱정하며 자신을 돌보지 않았던 한 젊은이가 스물아홉 살 젊은 생을 마감하고 그렇게 쓸쓸하고도 슬프게 쓰러졌다.

이덕구의 시신은 곧바로 관덕정 광장에 내걸렸다. 앞서 북촌 너븐숭이 4.3 기념관에서 만난 「순이 삼촌」의 소설가 현기영은 그의 또 다른 작품 〈지상의 숟가락 하나〉에서 관덕정 광장에 내걸린 이덕구의 시신을 이렇게 묘사하고 있다.

'관덕정 광장에 읍민이 운집한 가운데 전시된 그의 주검은 카키색 허름한 일군복 차림의 초라한 모습이었다. 그런데 집행인의 실수였는지 장난이었는지 그 시신이 예수 수난의 상징인 십자가에 높이 올려져 있었다. 그 때문에 더욱 그랬던지 구경하는 어른들의 표정은 만감이 교차하는 듯 심란해 보였다. 두 팔을 벌린 채 옆으로 기울어진 얼굴, 한쪽 잎귀에서 흘러내리다 만 핏물 줄기가 엉겨 있었지만 표정은 잠자는 듯 평온했다. 그리고 집행인이 앞가슴 주머니에 일부러 꽂아 놓은 숟가락 하나, 그 숟가락이 시신을 조롱하고 있었으나 그것을 보고 웃는 사람은 없었다.'

_현기영 〈지상의 숟가락 하나〉 중에서

이렇게 내걸렸던 이덕구의 시신은 남수각 상류 지점에서 화장되었다. 공교롭게도 화장되고 남은 유골은 갑자기 내린 비로 수습할 수 없었다. 불어난 급류에 휩쓸려 유실되었기 때문이었다. 지금 이덕구 가족묘지에는 이덕구의 유골 없는 비문만 서 있다.

1948년 12월 26일,
이덕구 가족과 친인척 20여 명이 별도봉에서 학살

이덕구의 가족과 친인척들은 4.3항쟁이 발발하면서 철저하게 피해를 당했다. 경찰은 삐라를 만들어 이덕구의 항복을 촉구했다. "이덕구가 항복해 내려오면 가족들은 살려 주겠다. 그렇지 않으면 가족을 전부 죽인다."는 내용이었다.

1948년 12월 26일 이덕구 가족과 친인척 20여 명이 한꺼번에 별도봉에서 학살당했다. 이덕구 누나의 아들이면서 일본에서 4.3진상규명운동에 앞장섰던 강실 재일본 4.3유족회장은 이 학살에서 겨우 벗어날 수 있었다. 그는

"우리 집에 경찰이 들이닥치기 며칠 전부터 어머니는 직감을 했는지 매일 진수성찬으로 우리를 먹였고, 좋은 옷만을 입혔습니다. 경찰이 우리 집에 들이닥친 것은 새벽 2시쯤이었습니다. 어머니는 외아들인

나(당시 11세)와 여동생(당시 9세)을 가리키며 '저것들은 살라 달라.'고 애원했습니다. 그러자 책임자인 듯한 사람이 '이것들은 씨나 전하게 내불라.'고 말했습니다. 우리는 어머니를 쫓아가려 했으나 경찰이 우리를 집 안으로 밀어넣었죠. 경찰은 어머니가 업고 있는 두 살 된 누이동생도 떼어놓아도 좋다고 했지만, 어머니는 '저것들은 어느 정도 나이가 들어서 밥을 빌어먹을 수 있지만, 이 아이까지 살리려고 하면 결국 모두 죽게 된다.'며 그냥 업고 가셨습니다."라고 증언한다.

이덕구의 이름은 그 후 금기된 이름이 되었다. '덕구 덕구 이덕구 박박 얽은 이덕구 장래 대장 ㄱ슴'이라는 노래가 불리워지던 이름이 4.3항쟁이 끝나고도 한동안 세상 어디에도 없는 이름이 되었다. 집안은 철저하게 파탄이 났고, 세월이 가도 어느 누구 하나 따뜻한 목소리로 그의 이름을 불러 주지 않았다.

그러나 아무리 깊게 파묻혔던 진실도 언젠가는 반드시 드러나게 되는 법. 뜻 있는 사람들에 의해 조금씩 4.3의 역사적 진실이 드러나면서 드디어 그의 이름도 이제 조금씩 뚜렷해지고 있다. 그럼에도 아직까지 무장대로서의 그의 행적이 자세하게 기록되지 못하고 있다. 수많은 증언이 있었고, 많은 전문가들의 노력이 있었지만 무장대 생활의 특성상 밝혀지지 못하는 것들이 많기 때문이다.

익숙해진 이름 이덕구 산전

이덕구 산전은 그 이름에 밭이 있듯이 너른 지대였다고 한다. 지금은 앞길을 분간하지 놋할 성도로 숲이 우거져 있지만 당시에는 나무들이 없어서 멀리까지 시야가 확보되던 곳이었다. 주변 곳곳에 사람들이 살았던 움집 형태의 터가 남아 있다고 하지만 워낙 숲이 우거져

험한 길도 즐거워라.
쓰러진 나무에서 자라는 이끼.

찾기가 쉽지 않다. 처음 이곳을 찾아와 이덕구의 이름을 기억해 내고 지명에 '이덕구 산전'이라는 이름을 붙인 사람에 대해 생각한다. 지금은 북받친밭이라는 지명보다 이덕구 산전이라는 이름이 더 익숙해졌다. 이것이 한 사람을 영원히 기억하는 우리들만의 또 다른 방법일 수도 있겠다는 생각을 한다.

이덕구 산전에 앉아 두런두런 이덕구에 대해 이야기를 나누고, 4.3의 못다 한 이야기를 나누고, 그때 살아남아서 지금까지 이어지는 사람들의 이야기를 나누다 보면 아까부터 주변을 맴돌고 있는 까마귀의 울음소리가 심상치 않다는 걸 느끼게 된다. 급박한 유격대 보초병들의 암호문 같은 까마귀 울음소리다. 소리는 건너건너 주변 까마귀들에게 전달되고 있다. 곧 어디선가 푸른 옷차림의 유격대원들이 우리 앞에 나타날 것만 같다. 사실 알고 보면 까마귀들은 우리 앞에 놓인 음식 찌꺼기를 노리고 있는 게 전부다.

이제 그만 일어나 가라는 듯 목소리 높이며 울어 대는 까마귀 소리에 쫓겨 우리는 자리를 털고 일어섰다. 역사의 폭력에도 굴하지 않고 끝까지 항전했던 한 인물을 찾아와서 한낱 음식 찌꺼기를 노리는 까마귀 울음소리에 쫓기듯 일어서야 하는 게 좀 못마땅하기는 하다. 그러나 그게 뭐 어떠랴. 여기 주인은 우리가 아니라 이미 저 새들인 것을. 그 새들의 품 안에 작은 흔적을 남겨 놓고 떠난 이를 찾아와 잠시 앉았다 갈 수 있게 자리를 피해 준 새들에게 오히려 고마움을 전해야 하는 것을, 우리가 잊어버렸던 기억을 그 오랜 시간 동안 온전히 지켜 준 저 새들에게 또다시 우리의 기억 한 조각 맡겨 두고 일어서야 하는 것을.

영화보다 더 극적인 현실, 주정공장터, 산지항

듬성듬성 징검돌 몇 개 놓아 주는 게 이 글의 목적

제주국제공항 활주로에 발을 디디면서 시작한 우리의 제주 다크투어가 이제 막바지다. 제주도 한 바퀴를 돌았다고는 하지만 그 발자국은 듬성듬성할 수밖에 없었다. 제주섬 전체가 사람들이 사는 곳이고, 사람들이 사는 곳에는 역사가 있게 마련이니, 발자국과 발자국 사이 얼마나 많은 이야기들이 자라고 있겠는가.

제주에서는 누구든 제주 4.3을 비껴간 사람들은 없었고, 제주 4.3을 비껴간 마을이 없는 상태에서 그 모든 이야기들을 한꺼번에 들여다본다는 것은 애당초 불가능한 것이었다. 나머지 이야기까지 건너갈 수 있도록 징검돌 몇 개 놓아 주는 게 이번 이 글의 목적이었으나, 그 목적을 충실하게 수용하고 있는지는 아직 미지수다.

앞서 제주를 방문하고 떠나는 길목, 제주국제공항에서부터 우리의 제주 다크투어는 시작된다고 했다. 비행장 활주로에 묻혀 있는 제주 4.3 영혼들의 뼈 부서지는 소리를 들으며 다시 비행기 타기가 주저된다면 배를 타고 제주를 벗어나는 방법도 있다. 한 시간도 안 걸려 목적지에 당도해 버리는 비행기 여행보다는 울렁울렁 파도를 타며 몇 시간 배 안에서 즐기는 바다 여행도 나름 꽤 괜찮을 것이다. 하긴 비행기가 뜨기 훨씬 이전부터 제주의 관문은 산지항이었다. 지금의 제주항이다.

한때 제주도 총 잡세액의 50% 이상을 납부했던 주정공장

그러나 이곳인들 4.3의 광풍을 벗어날 수 있었겠는가. 다른 어느 곳보다도 더 많은 인명이 살상되었고, 그 사례들도 어느 곳 못지않게 참혹했다. 특히 산지항 바로 앞에 있던 주정공장이 임시수용소로 활용되면서 주정공장 주변을 비롯한 산지항 주변에서는 숫자조차 파악할 수 없는 죽음이 이어졌다.

주정공장은 일제강점기였던 1934년 일본 동양척식주식회사 제주지사에서 설립하여 운영하였던 공장이다. 흔히 동척이라 불리는 이 회사는 일본이 우리나라의 경제를 독점하고 조선의 토지와 자원의 수탈을 목적으로 만든 회사로 동양 최대의 시설을 자랑하면서 일본 전역에 주정을 공급하고 있었다. 일본이 패망하면서 주정공장은 미군정에서 신한공사를 통해 접수하여 관리하다가 1946년 3월 신한공사가 해체된 이후에는 미군청정 상공부로 이관되었다.

1950년대 주정공장은 민간인이 운영하면서 전국 각지에 공업용, 의약용 등의 알코올 원액을 공급했다. 1959년 당시 주정공장이 냈던 세금은 제주도 총 잡세액의 50%가 넘을 정도였다고 한다. 한국전쟁이 발발하면서 여기에 육군 제5훈련소가 설치되기도 했다. 이를 바탕으로 1951년 3월에는 대구의 제1훈련소, 부산의 제3훈련소가 통합한 육

주정공장.
높이 50미터를 자랑하는 주정공장의 굴뚝이 선명하다. **사진 미국국립문서기록관리청**

군 제1훈련소가 제주도 모슬포에 창설되면서 주정공장에 있던 훈련소는 폐쇄되었다.

주정공장은 1983년 조업이 완전히 중단되었다. 산업이 발달하면서 주정이 필요없게 된 것도 원인이었을 것이다. 그리고 높이 50미터를 자랑하며 한라산에 올라가서도 보였다는 주정공장의 상징, 굴뚝이 1989년 5월 해체되었다. 사실상 주정공장이 역사의 장에서 사라진 것이다. 주정공장터는 지금의 현대아파트 건물이 있는 곳과 그 아래 주유소 일대를 포함한 공원부지를 말한다. 현대아파트가 있는 상단에는 고구마 창고가 있었고, 하단에는 주정공장 건물이 있었다.

이 주정공장에서는 제주도에서 생산되는 고구마를 이용하여 알코올을 추출해 냈다. 이 알코올로 군사용 비행기의 연료를 보급하는 게 목적이었으나 1944년 이후에는 자동차 연료로도 사용했다고 한다.

4.3 사건이 발발하면서 사람들을 수용하기엔 안성맞춤의 장소가 된 절간고구마 창고

1980년대까지만 하더라도 제주도에서는 고구마를 얇게 썰어 말린 절간고구마 생산이 이어졌다. 우리는 그것을 빼때기라고 불렀는데, 딱딱하게 말린 이 빼때기는 겨울철 유용한 간식이 되기도 했다. 긴 겨울밤 출출할 때마다 빼때기를 꺼내 하나씩 깨물어 먹는 맛은 그 어떤 간식보다 달았다. 특히 건조되는 과정에서 이물질이 달라붙지 않고 곰팡이가 끼지 않은 빼때기는 최상품이었다. 예나 지금이나 최상품 농산물은 좋은 값을 받을 수 있는 것이라서 심심풀이 간식거리 차례가 되질 않았다. 어쩌다 부모의 눈을 피해 골라잡은 속살 하얀 빼때기의 맛은 두고두고 입안에 군침을 돌게 했다.

아이들이 오도독오도독 깨물어 먹는 빼때기에 집착했다면 이가 부실한 어른들은 솥에다 넣고 푹 삶은 걸 좋아했다. 그때까지만 해도 설탕은 귀한 것이었으므로 당원 몇 알 넣고 삶은 빼때기는 달콤하면서도 고소했다. 특히 당원이 잘 녹아들고 빼때기가 풀리며 걸쭉해진 밑바닥 국물맛은 최고였다.

이 빼때기의 시작이 바로 1940년대 이때부터라고 한다. 제주 해안가를 돌아가면서 세워졌던 이런 절간고구마 창고는 4.3 사건이 발발하면서 사람들을 수용하기에 안성맞춤의 장소가 되었다. 집단으로 학살되기 전, 사람들이 마지막으로 수용되었던 곳으로 이름을 올리면서 절간고구마 창고는 제주의 역사에 빠지지 않는 이름이 되었다.

이름이 같다는 이유로 대신 죽기도 하는데,
형무소 대신 끌려가는 것쯤…

4.3 사건 발발 이후 제주시 지역 수용소는 농업학교에 임시 천막을 설치하여 사용하고 있었다. 그러나 1948년 가을 초토화작전이 전개되면서 밀려드는 사람들을 수용하기에 학교 임시 천막은 턱없이 부족했다. 결국 1948년 겨울부터 고구마를 저장하던 언덕 위 10여 개 창고를 수용소로 사용하기 시작했다. 시설이 크다 보니 수용인원도 많았다. 특히 1949년부터는 귀순공작에 의해 하산자가 급격하게 늘었는데, 4월경에는 3,600명의 사람들이 수용되었다는 기록도 있다. 대다수가 중산간 마을 사람들로 소개령으로 집이 불타면서 군경이 무서워 산으로 올라갔던 사람들이었다.

주정공장에 수용되었던 사람들을 대상으로 온갖 불법적인 고문과 학살이 자행되었다. 이들을 대상으로 군사재판도 이어졌다. 군사재판

산지항의 현재 모습.
제주 화물 운송의 70% 이상을 담당하고 있다. 멀리 사라봉과 별도봉이 보인다. 사진 김명완

에서 형이 확정된 사람들은 제주에 형무소가 없어 주정공장 앞 산지항에서 배를 타고 목포로, 대전으로, 광주로, 대구로, 서울로 갔다. 그리고 그들 중 대부분이 돌아오지 못했다. 생사 여부를 알 수도 없어 행방불명 처리가 되었다.

이 시점이 되면 다들 아시겠지만 재판을 했다고 말만이지 재판 기록도 없고, 당사자들은 자기가 무슨 이유로 어떤 재판을 받았고, 몇 년형을 살러 어디로 가는지도 모르는 채로 배에 태워졌다. 뒤에서 미는 대로 가다 보니 목포형무소였고, 앞선 사람 따라가다 보니 대전형무소였다는 증언은 많다. 그리고 형무소에 들어가서야 자신이 여기서 8개월을 살아야 한다는 걸 알았고, 형무소에 들어가서야 자신이 여기서 3년을 살아야 한다는 걸 알았다는 증언도 이어졌다. 간혹 이름이 같다는 이유로 다른 사람 대신 형무소로 끌려간 사람도 있었다. 하긴 이름이 같다는 이유로 대신 죽기도 하는데, 형무소 대신 끌려가는 것쯤, 비일비재한 일이었다.

어떤 근거를 들어도
민간인이 군사재판을 받을 이유는 없었다

군법회의는 통칭 두 차례에 걸쳐 진행된 것으로 보고 있다. 1948년 12월 한 달간 민간인들을 대상으로 이뤄진 군사재판을 제1차 군법회의라 하고, 이듬해 1949년 6월부터 7월 사이에 이뤄진 군사재판이 제2차 군법회의다.

법을 잘 모르는 필자의 시각에서 보더라도 이는 모두 법적인 요건을 갖추지 못한 재판이다. 우선 제1차 군법회의인 경우 계엄령이라는 특수상황에서 군인들이 사회상황을 통제하는 의미에서 일반인들을 대상으로 군사재판이 열린 것이라 하지만, 이 계엄령 자체가 불법이었다.

제주에 계엄령이 선포된 것은 1948년 11월 17일. 우리나라에 계엄법이 만들어진 게 1948년 11월 24일인 걸 감안하면 법적 근거도 없는 계엄령이었던 것이다. 제주의 계엄령 자체가 불법인데, 그 계엄령하에서 이뤄진 모든 행위들이 불법이며 무효가 되는 것은 당연한 일이다.

제2차 군법회의도 마찬가지다. 이미 불법적인 계엄령마저 해제가 된 시기였다. 좀 더 강력한 처벌을 하기 위해서 당시 군법에 해당하는 국방경비법을 적용한 재판이었지만, 어떤 근거를 들이밀어도 민간인들이 군사재판을 받을 이유는 없었다. 그럼에도 1차 군법회의에서 형을 선고받은 사람은 871명, 2차 군법회의에서 형을 선고받은 사람은 1,659명에 달했다. 그중 사형이 언도된 249명이 정뜨르 비행장에서 처형되었고 징역과 금고형을 선고받은 사람들은 형무소가 없는 제주를 떠나 육지 형무소로 보내졌다.

이때 재판을 받고 목포, 마포, 서대문, 대구, 대전, 인천, 전주형무소 등지에 분산 수감되었다. 이들 형무소 재소자들 대부분은 형기를 다 채우지도 못하고 형무소의 열악한 환경에 옥사하기도 하고, 상당수는 한국전쟁이 발발하면서 불순분자를 처단하라는 상부 명령에 의해 총살되기도 했다. 일부는 옥문이 열리면서 사방으로 흩어졌지만 살아서 돌아온 사람은 극히 일부였다. 전쟁통에 죽었는지 살았는지 행방조차 알 수 없는 사람들이었다.

당시 제주에서 이송된 4.3 관련 재소자는 일반재판 수형인 200여 명과 두 차례 군법회의 대상자 중 2,350여 명이 한국전쟁 당시 수감되어 있었다. 이들 2,500여 명 대부분이 제주로 돌아오지 못하고 행방불명되었다.

2019년, 4.3 사건 생존수형인 18명 정부를 상대로 재심청구, 검찰 공소 기각 결정

천운으로 살아남은 사람들 중 18명이 2015년 제주 4.3진상규명과 명예회복을 위한 도민연대와 함께 사법부 재심을 통해 명예를 회복하고자 재판을 준비하기 시작했다. 2017년 4월 19일 제주지방법원에 재심의 개시를 청구하면서 재판이 시작되었다.

결국 2019년 1월 17일. 제주지방법원 제2형사부(제갈창 부장판사)는 양근방(87) 등 4.3 사건 생존수형인 18명이 정부를 상대로 제기한 재심청구 사건 선고 공판에서 검찰의 공소를 기각했다. 공소기각은 형사소송법 제327조에 따라 공소제기 절차가 법률에 위반해 무효일 경우 재판을 끝내는 절차다. 공소제기 자체가 잘못되었다는 의미에서 사실상 무죄로 해석될 수 있는 판결이었다.

재판서는 물론 공판조서 등 소송기록이 발견되지 않은 점, 재판이 없었거나 형무소에 가서야 형량이 통보되었다는 등 형식적인 절차에 불과했다는 관계자들의 증언, 하루에 수백 명씩 심리없이 처리하는 한편, 사흘 만에 345명을 사형선고했다고 하나 이런 사실이 국내 언론에 전혀 보도되지 않은 점, 그 시신들이 암매장된 점 등 당시 제반 정황을 볼 때, 법률이 정한 정상적인 절차를 밟지 않았다고 2003년 4.3위원회가 확정한 진상조사보고서의 결론을 사법부가 재확인해 준 것이다.

이렇게 18명의 4.3 수형인들에 대한 무죄 선고를 끌어낸 이후 현재까지 재심 재판은 계속 이어지고 있고, 재판부는 이들에 대한 무죄를 선고하고 있다. 특히 올해(2021년) 3월 내려진 335명의 행방불명 수형인

무죄 선고는 그 규모 면에서도 의미가 있지만 생존수형인들과는 달리 재판 당사자들이 없는 상태에서 무죄 선고를 받아냈다는 데 그 의미가 크다 할 것이다. 당시의 불법성이나 법 집행 사실 여부 등을 당사자가 직접 증언할 수 없음에도 재판부가 이를 인정한 것이니 말이다.

이번에 개정된 제주 4.3특별법에서는 당시 군사재판을 통해 형을 선고받은 2,530명 수형인에 대한 특별재심 조항이 신설되었다. 국가가 재심청구를 해서 이들에 대한 수형인의 굴레를 벗게 해 줄 수 있는 길이 열렸다는 의미다. 그렇게 되면 개인적으로 재심청구를 하지 않아도 되고, 가족이 없는 경우에도 명예회복을 할 수 있다. 70년 이상 죄 없이 죄인으로 살아야 했던 사람들에게 그나마 조금 다행스러운 일이라 할 수 있겠다.

수장학살, 몸에 돌덩이를 매달고…

주정공장에 수용되었던 사람들 중 일부는 이렇게 재판이라는 형식으로 형무소로 끌려간 사람들도 있었지만 재판도 없이 야음을 틈타 집단학살되기도 했다. 이른바 수장학살이다. 산지항에서 수장학살이 처음으로 이뤄진 것은 1948년 11월 5일로 알려지고 있다. 재판도 없이 아무도 몰래 민간인 20여 명을 수장시켰던 일은 신한공사 제주농장 직원이었던 당시 26세 김기유의 시신이 떠오르면서 세상에 알려지게 되었다. 흔적을 없애기 위해 몸에 돌을 매달아 바다에 빠뜨렸던 것인데 어찌된 일인지 시신은 사라봉 해안가에서 떠올랐던 것이다.

수장학살은 제주도 곳곳에서 있었던 것으로 알려진다. 서귀포 범섬 근처에서도 심심찮게 알몸의 시신들이 떠올랐다. 그리고 일본 대마도에서는 1950년을 전후해서 한국으로부터 떠내려온 시신들이 그렇게 많았다고 한다. 그리고 그해 가을, 바다에서는 유독 살이 찌고 큰 갈치들이 잡혔다. 북촌 사람들이 그해 유독 굵고 실하던 고구마를 먹지 않았듯, 사람들은 그해가 지나고도 오랫동안 갈치를 먹지 못했다고 한다.

예비검속으로 주정공장에 수감되었던 사람들 중 많은 사람들이 수장학살되었다. 국민방위군 산지항 부두파견 헌병대에서 경비를 서던 날 사람들이 수장되는 현장을 똑똑히 목격했다는 장시용 씨의 증언이다.

영화보다 더 극적인 현실

"그날 밤에 부두파견 헌병대에 배치가 되었습니다. 저녁 여덟 시경이 되니까 그곳이 한쪽은 사무실이었고 맞은편 한쪽은 창고였습니다. 사무실이나 창고는 작았어요. 3-4평쯤된 창고 안에 들어가서 보니까 밖을 볼 수 있게 유리창이 30-40cm 정도로 박아진 것이 있었습니다.

시간이 아홉 시 반이 조금 넘는 시간이었습니다. 배는 부두에 정박해 있고 왜정 때 고기잡던 배인데 배는 100톤이 조금 넘을 듯한 배입니다. 그 배가 있는 쪽으로 차가 옵디다. 그때 차가 들어오는데 보니까 꼭 열 대였습니다. 바로 내 앞에서 하는 일이니까 숫자를 셀 수 있었습니다. 바로 연병장 부두 앞에서 벌어진 일이지요.

보니까 사람들을 태운 배가 나가는데, 멀리도 안 나갔습니다. 사라봉 앞으로 등불을 베롱허게(희미하게) 싸가지고(켜고) 가는데 약 두 시간 반에서 세 시간쯤 작업을 했습니다. 마일 수로는 3마일 정도 되었는가. 그때는 전기불은 없었고 등불이었을 때인데 그 배가 들어오는 시간이 두 시 반에서 세 시경은 되었을 것입니다.

그 나이에도 참 처량해 보였습니다. 이 사람들이 죄가 있어서 죽었는가… 그 날짜가 양력으로는 잘 모르겠는데 음력으로는 대략 20일이나 22일경쯤 되었을 것입니다. 그 배가 들어오는데 사라봉 위로 달이 떠 올라왔습니다. 보름이 지난 것은 확실하고. 그 일이 하도 어마어마한 일이어서 엊그제 본 것 같아 뵙니다. 배가 들어오는 시간에 사라봉 위로 달이 떠오르는 것만큼은 기억이 씽씽합니다. 어떻게 그런 일을 잊을 수가 있겠습니까…."

할당된 공포를 싣고 트럭이 들어왔다
알몸의 포승줄이 따리를 푼 산지항
목숨의 방점을 찍듯 돌덩이를 매달았다
삶의 기본값에 눈물값은 얼마인지
항구 너머 어둠 사이 갇혀 버린 울음 사이
짙어진 슬픔의 농도가 물 아래로만 가라앉고
그 많은 죽음에도 봉분 하나 없는 바다
뱃고동 소리마저 수장되던 그날 밤
파랗게 질린 하현이 몰래 보고 있었다

_졸시 〈수장(水葬), 1950〉 전문

영화속 한 장면 같은 얘기다. 그러나 영화보다 현실이 더 극적이라는 것을 우리는 익히 알고 있잖은가. 차라리 영화 속 장면이었으면 더 좋았을 것을….

70년 이상의 시간이 걸려
겨우 마련되는 작은 기억의 공간

4.3유족회장을 역임했던 송승문 씨는 이 주정공장에서 태어났다. 임

신한 상태에서 끌려온 어머니는 주정공장에 수용되어 있는 동안 군경들의 널뛰기 놀이에 동원되었다고 한다. 널빤지 아래에는 산달이 가까워진 몸으로 어머니가 누워 있었다.

그런 수모와 천인공노할 일을 겪으면서도 송승문 씨는 무사히 태어났다. 그리고 그는 4.3유족회 일을 도맡아하면서 주정공장 옛터에 공원조성을 위한 활동을 전개해 나갔다. 이미 아파트가 지어지고 일부에 쇼핑센터가 들어서면서 옛 모습을 잃어가는 주정공장터가 그대로 잊혀져서는 안 된다는 생각에서였다. 4.3 관련 단체들과 힘을 합쳐 공원조성 계획은 조금씩 현실화되기 시작했다.

이 글을 쓰고 있는 지금은 주정공장이 있던 일부 부지에 2021년 12월 완공을 목표로 공사가 한창이다. 공원 내에 건립 예정인 역사기념관 공사다. 이미 공원 한쪽에는 '그날의 슬픔'이라는 제목의 조형물이 서 있다. 눈물을 상징하는 조형물 앞에 세 명의 민간인이 포승줄에 묶여 걸어가는 모습을 세워 놓았다. 이들이 걸어가는 방향은 의도적으로 목포 쪽을 향하게 했다는데, 이는 수형인들이 배를 타고 목포로 갔던 것을 상징한다고 한다.

바닥에는 그렇게 끌려간 사람들이 형무소에서 가족들에게 보내온 편지 일부가 새겨져 있다. "아내에게, 아~아 꽃피는 봄철도 지나고… ⁽중략⁾ 즉시 답장할 마음이 있어도 자유로이 엽서를 구하지 못하므로… ⁽중략⁾ 장인 장모님 계시는 번지를 기재하여서 전하시오. 늙은 어머님 생각과 어린애 생각이 가슴에 가득하고 있다…." 대구형무소에서 아내에게 보낸 어느 가장의 편지 일부다. 가슴 절절히 고향에 있는 아내와 아이들, 장인, 장모, 늙으신 어머님까지 가족들 안부를 걱정하던 그 가장은 끝내 형무소에서 죽고 말았다.

주정공장터에 세워지는 4.3 기념 공원 조형물.

조형물 앞 바닥에 새겨진 편지.
형무소에서 가족들에게 보냈던 편지 일부가 새겨져 있다.

수많은 목숨이 마지막으로 머물렀던 이곳, 오랜 시간이 걸리기는 했지만, 그리고 작은 공간이기는 하지만 이렇게라도 그 당시를 기억할 수 있는 공간이 마련되고 있다는 것은 그나마 다행한 일이다. 그 작은 공간을 마련하기까지 70년 이상의 시간이 걸렸다. 그만큼 기억의 장소를 마련한다는 것이 어렵다는 걸 여기에서 다시 느끼게 된다. 많은 사람들의 관심과 노고가 아니었다면 이 장소는 마련되지 못했을 것이다.

이제랑 오십서
여기 안자리로 앉으십서

그러니 제주를 떠나기 전 여러분들도 이곳에 와서 잠시나마 이들을 기억해 주길 바란다. 아무것도 모르고 엄마 등에 업혀 온 두 살짜리 아기, 만삭의 몸으로 널뛰기용 널빤지 받침이 되어야 했던 임산부, 불에 타 버린 집에서는 살 수가 없어 잠시 산속 동굴에서 살았던 것뿐인데 그것도 죄라고 며칠이고 고문을 받았던 사람들, 그러다 어느 날 문득 이름이 불리워지고 옷이 벗겨지고 포승줄에 묶여 배에 태워지고, 한두 시간 거리 바다 위에서 물속으로 영영 가라앉아 버린 사람들, 트럭에 실려 정뜨르 비행장 어느 구석에서 총부리 앞에 쓰러졌던 그 수많은 사람들을 기억해 주길 바란다.

여전히 제주의 하늘은 푸르고, 바다는 맑고 깨끗하다. 원색의 자연이 제주를 떠나는 사람들에게 작별인사를 한다. 긴 뱃고동 소리를 울리며 배가 출항하면, 멀어져 가는 제주섬 곳곳에서 사람들이 걸어 나와 떠나는 당신을 보며 손을 흔들지도 모르겠다. 제주를 여행하는 동안 당신이 만났던 사람들, 당신이 들었던 사람들, 당신의 가슴에 아품으로 남은 그날 죽었던 사람들이 걸어 나와 저를 기억해 주고, 저를 찾아와 줘서 고마웠다고 손을 흔들지도 모르겠다. 오랫동안 외로웠던 사람들이므로 당신이 무척 반가웠다고.

그리고 그렇게 걸어 나와 당신을 배웅하는 사람들을 보며 아직 미처 돌아오지 못한 영혼들을 위해 서툰 사투리 섞어 간절히 기도해 주길 바란다. '이제랑 오십서'라고. 이제랑 저 아름다운 제주도 땅에 돌아와 편안히 다리를 펴고 잠드시라고.

'이제나 오카 저제나 오카'
먼 올레 발자국 소리만 들려도
혹시나 여기며
버선발로 뛰쳐나가던 세월이
쉰 해를 훌쩍 넘겼는데

'아방 오민 같이 먹어사주'
밥을 먹어도
몫을 따로 챙겨 두고
수제빌 끓여도
국물만 들이키며 보낸 세월이
백발로 늙어 갑니다
(중략)

보도 듣도 못한 형무소에서
들이쳐 분 바당에서
한라산 어느 골짜기에서

총 맞고 매 맞아 흙구덩이에 처박히고

북 먹어 고기밥이 되고

얼고 배고파 까마귀밥이 되어

간 날 간 시 몰라

난 날 난 시로

제상 받아 앉은 칭원한 영혼

이제랑 오십서

발걸음 쿵쿵

헛기침도 서너 번 외울르고

부는 바람, 흐르는 구름 잡아타고

여기 안자리로 앉으십서

정성의 제단에 해원의 향불 피우오니

상생의 촛농으로 흘러 내리십서

_강덕환 〈이제랑 오십서〉 부분

〈참고문헌〉

「4.3은 말한다 1, 2, 3, 4, 5」 제민일보

「제주 4.3 유적지 I, II」 4.3연구소

「제주 4.3 사건 진상조사보고서」 제주 4.3 사건진상규명 및 희생자명예회복위원회

「제주 4.3 사건 추가진상조사보고서 I」 제주 4.3평화재단

「재난을 묻다」 세월호참사작가기록단재난참사기억프로젝트팀, 서해문집, 2017